Changement de famille

Du même auteur, dans la collection Heure noire :

Derrière les volets

Les secrets d'une voleuse

Éléonore Cannone
Illustrations de Séverine Aubry

Changement de famille

RAGEOT

Cet ouvrage a été imprimé sur un papier
issu de forêts gérées durablement,
de sources contrôlées.

PEFC™
10-32-2580

Certifié PEFC

Ce produit est issu de forêts gérées durablement et de sources contrôlées.

pefc-france.org

IMPRIM'VERT®
Votre imprimeur agit pour l'environnement

Couverture : Séverine Aubry.

ISBN 978-2-7002-3548-7
ISSN 1951-5758

Loi n° 49-956 du 16-07-1949 sur les publications destinées à la jeunesse.

Pour Thomas et Noah.

« Le meilleur moyen de s'endormir est de s'imaginer qu'il est l'heure de se lever. »

Groucho Marx

À BOUT DE SOUFFLE

En sortant du collège, j'étais déjà de mauvaise humeur.

Comme tous les jeudis.

Les jeudis après-midi, nous avons EPS. Je déteste le sport. Ça me fait transpirer, ça détruit mes poumons, ça me donne des courbatures, ça m'épuise.

Le sport nuit gravement à ma santé. Courir me tue. Il devrait y avoir une loi sur le sport dans les écoles. Les sportifs dans certaines classes, les non-sportifs dans les autres. Je suis une sportive passive et je risque à terme d'en mourir. Une mort lente et douloureuse.

Quand je suis arrivée à la maison, ma mauvaise humeur a atteint le 7,53 sur l'échelle de Richter. Personne n'était là pour m'accueillir. Ils avaient disparu. Ma mère, mon père, mon grand-père, mon oncle Jean. Comme ils travaillent à la maison et ne sortent pratiquement jamais, je les ai soupçonnés de s'être cachés pour m'éviter. Quand je suis de mauvais poil, j'ai tendance à me faire des films. Noirs.

J'ai ouvert le frigo. Qu'est-ce que j'espérais ? Qu'un membre de ma famille aurait soudain pris conscience de la réalité et aurait pensé à faire quelque chose d'aussi bassement matériel que les courses ?

Le frigo ne contenait bien évidemment que des restes de chez Marcello, le patron-cuisinier du resto italien du coin de la rue vers lequel mes parents se tournent chaque fois qu'ils ont oublié de prévoir le dîner (c'est-à-dire pratiquement tous les soirs). Il ne restait qu'une portion de lasagnes en état avancé de décomposition et un morceau de parmesan préhistorique. J'ai claqué la porte de frustration.

Mon regard s'est alors posé sur le sachet de guimauve qui me regardait fixement depuis la table de la cuisine et me susurrait de sa voix molle « Mange-moi ».

À moins que ce ne soit mon ventre qui n'ait été en train de parler à sa place. Un ventre ventriloque ? Logique.

J'ai hésité. J'ai observé les alentours. J'ai tendu l'oreille. Personne.

Je me suis approchée doucement du paquet de peur qu'il ne s'enfuie en me voyant arriver. Je l'ai ouvert sans bruit. J'en ai sorti un morceau avec une délicatesse muette. J'allais le glisser subrepticement dans ma bouche quand mon oncle a fait une entrée échevelée dans la cuisine.

– Pas touche, mon étincelle, tu sais très bien que j'en ai besoin... s'est-il écrié en m'arrachant le paquet de ses mains noires de suie.

– ... pour colmater les brèches, ai-je conclu à sa place en avalant rapidement le morceau que j'avais réussi à conserver. Mais je crève de faim, moi !

– Tu n'as qu'à manger le reste des lasagnes, m'a-t-il conseillé.

– Tu parles des choses rouge et verte qui sont en train de ramper dans le frigo ?

– Elles sont encore très bonnes. J'en ai mangé ce midi.

– Chacun ses goûts ! lui ai-je renvoyé en lui lançant un regard furibond.

Mon oncle a soupiré, mais n'a pas insisté. Il s'est enfui de la cuisine avec son mastic alimentaire et a dévalé l'échelle pour retourner dans son atelier.

Mon oncle est inventeur. Il invente des tas de choses plus inutiles les unes que les autres. Des tabourets sauteurs, des fleurs qui sentent le chewing-gum ou le pain d'épice, des savons qui ne glissent pas dans la douche. Et cætera.

Son atelier est à la cave. Mon grand-père a installé une trappe avec une échelle dans le salon pour nous permettre de profiter en direct des bruits qui accompagnent les élans créatifs de mon oncle. Contrairement aux Corleone, chez nous, ce n'est pas la loi du silence, c'est celle du bruit.

Voyant mes espoirs de remplissage d'estomac réduits à néant, je suis retournée dans le salon. Toujours personne. J'ai décidé de faire un tour aux toilettes pour me changer les idées et surtout pour assouvir un besoin pressant.

Assise tout habillée sur la cuvette, ma mère était en train de taper frénétiquement sur le clavier de son ordinateur. Elle écrivait un énième livre pour enfants.

Dans la plupart de ses histoires, elle se prend pour Omar, un garçon de dix ans, alors qu'elle a dépassé depuis longtemps l'âge de raison. Mon oncle a installé un plateau en bois coulissant à côté du dérouleur de papier toilette pour qu'elle puisse y poser son ordinateur et écrire sereinement assise sur le trône. Une invention qu'il qualifie de « commerciale », c'est-à-dire, en langage courant, une invention qui « sert à quelque chose ».

– Ma plume, tu es rentrée ? m'a-t-elle demandé sans lever la tête.

– Non, je suis toujours en cours. C'est mon fantôme qui est devant toi en ce moment, lui ai-je répondu excédée.

– Ah, je vois, s'est-elle contentée de me répondre.

Ma mère réserve son sens de l'humour à ses lecteurs. Moi, je n'ai droit qu'à son goût prononcé pour l'absurde, une saveur qu'elle partage avec les héros de sa vie : Woody Allen, les Monty Python, les Marx Brothers... et mon père.

– Je me suis enfermée dans les toilettes, car maman n'arrêtait pas de me déconcentrer, s'est-elle justifiée. Tu sais comment est ta grand-mère, elle a toujours mille et une histoires à raconter…

Ma grand-mère est morte, mais elle habite toujours avec nous. Mon grand-père lui parle, mon père lui parle, ma mère lui parle, mon oncle lui parle. Ils sont tous persuadés qu'elle vit parmi nous, même si elle préfère demeurer invisible.

Pour l'instant.

J'ai abandonné ma mère à ses histoires. J'avais toujours une furieuse envie de faire pipi et de hurler. La première étant la plus forte, j'ai foncé dans la salle de bains du premier étage. Pendant que je me lavais les mains, mon père est entré par la lucarne.

– Bonjour, mon fa dièse, m'a-t-il chanté en posant ses pieds sur la cuvette. Que penses-tu de ça ?

Mon père s'est mis à fredonner un de ses nouveaux morceaux de musique expérimentale en tapant du pied droit sur la cuvette d'un air inspiré. Il compose, entonne-t-il régulièrement, une musique qui n'est pas destinée à être écoutée, mais ressentie.

Je la ressens tellement, sa musique, qu'elle et moi on ne peut plus se sentir. Surtout quand je viens de faire du sport. Surtout quand je suis de mauvaise humeur. Surtout quand je meurs de faim.

– Ouais, ai-je marmonné, c'est spécial.

Mon père déteste que l'on qualifie sa musique de « spéciale » ou d'« originale ». Il pense que c'est une autre façon de dire que c'est nul et qu'on n'y comprend rien. Je le sais. Il sait que je le sais. Je sais qu'il sait que je le sais. Bref, il a compris à ma réponse que je n'étais pas dans une phase *Mon père ce héros* mais plutôt d'une humeur *Massacre à la tronçonneuse.*

– Tu as passé une bonne journée ? m'a-t-il demandé d'un ton faussement léger.

– Exécrable.

– Hum... Tu as fait du sport ?

– On est jeudi, ai-je rétorqué. Je sais que cela demande une mémoire « expérimentale » pour s'en souvenir, mais, comme tous les jeudis, depuis la rentrée, j'ai sport l'après-midi. La réponse est donc oui. Le prof m'a obligée à courir. Je suis rentrée à la maison et personne n'était là pour m'accueillir. Je crève de faim et il n'y a rien dans le frigo. Oncle

Jean m'a arraché la guimauve de la bouche, maman alias Omar s'est enfermée dans les toilettes pour fuir grand-mère, tu descends du toit par la lucarne de la salle de bains alors que je suis aux toilettes et grand-père semble avoir disparu. Sinon, tout va pour le mieux dans le plus fou des mondes possibles.

– Ton grand-père n'a pas disparu. Il est en planque devant chez la boulangère déguisé en clochard. Nikita est avec lui, a-t-il tenté de me rassurer alors que je n'étais pas vraiment inquiète.

Mon grand-père, influencé par Nikita et sa méfiance naturelle à l'égard des félins, espionne depuis une semaine le chat de la boulangère. Il le soupçonne d'être un espion à la solde de l'Ennemi. Lequel ? Personne ne le sait.

Moi, je ne m'inquiète que pour ce pauvre matou qui a le malheur d'avoir été baptisé Imenne (soit « ennemi » à l'envers) par des maîtres irresponsables.

Mon grand-père a égaré sa tête dans l'explosion d'un pétard dans le métro un 14 juillet. Mes parents l'ont aidé à la chercher partout, mais personne ne l'a jamais retrouvée.

Depuis, il croit qu'il est militaire alors qu'autrefois il avait peur des gens portant un uniforme, à l'exception des gentilshommes en vert (surnom que ma mère, autrement dit Omar, donne aux éboueurs et aux balayeurs) et des facteurs. L'armée de mon grand-père est de toutes les guerres alors qu'il n'en a vécu aucune si ce n'est derrière un grand écran.

Ma famille est de confession cinématographique. Une pièce de notre maison est d'ailleurs entièrement dédiée au culte du septième art. Mon oncle a installé un projecteur et un écran panoramique sur un des murs, mon père a adapté un système acoustique particulièrement sophistiqué et ma mère a récupéré de vieux fauteuils chez un brocanteur pour réaliser une mise en scène ciné-club. Des milliers de cassettes VHS fatiguées y côtoient des DVD flambant neufs. Notre collection va d'anciens films en noir et blanc dont personne n'a jamais entendu parler à des superproductions que tout le monde connaît.

Nous sommes tous pratiquants, mais chacun a ses préférences :

- mon père pour les films policiers et les westerns
- ma mère pour les comédies et les dessins animés
- mon oncle pour les films d'action et d'animation
- mon grand-père pour les films de guerre et d'espionnage
- et Nikita pour les documentaires animaliers.

Quant à ma grand-mère, sa collection de comédies musicales occupe un pan entier de notre vidéothèque.

Je me suis convertie très tôt et je les regarde tous. Tous sauf les comédies musicales. Non seulement je suis convaincue que ces films sont gnangnan et vieillots, mais ma mère les visionne généralement avec ma grand-mère et leurs messes basses monophoniques m'agacent.

– Je pars dans ma chambre rédiger ma rédac pour demain, ai-je maugréé en sortant.

Mon père ne m'a pas répondu. Il m'a juste lancé un regard contrit et est remonté sur le toit, visiblement mal à l'aise. Il me cachait quelque chose.

J'ai vu une question foncer droit sur moi. J'ai fait un pas de côté pour la contourner. Je préfère toujours fuir à l'approche d'une question embarrassante. J'ai bien trop peur d'obtenir une réponse.

Lorsque j'ai ouvert la porte de ma chambre, j'ai compris. Si j'avais réussi à éviter la question, la réponse m'avait malgré tout débusquée. Ma chambre n'était pas sens dessus dessous, mais sens dessous dessus. Mon oreiller était écrasé par terre, mon bureau envahi par des emballages vides de cartouches d'encre et des papiers froissés, mon pot à crayons renversé, un gobelet de café vide posé sur ma table de nuit, mon lit recouvert de divers outils de bricolage maculés de suie et de graisse noirâtre et le sol jonché de photographies en noir et blanc des années 50.

Ma famille a une notion bien à elle de la propriété. Ma chambre n'est pas ma chambre. C'est une des pièces de la maison. Partant de ce principe, tout le monde peut s'y installer quand il veut, tout le monde peut y faire ce qu'il veut, et surtout tout le monde peut la déranger comme bon lui semble.

Peu importe que je m'acharne à la ranger chaque matin, le soir quand je reviens du collège, c'est l'apocalypse. Ma chambre ressemble à la Terre version *Wall-E.*

Aujourd'hui ne faisait pas exception à la règle. « C'est une question de principe », soutient mon père qui a un don pour se réfugier derrière des phrases hors de propos quand il est embarrassé.

Le principe du grand n'importe quoi, d'après moi.

Respire, respire, ai-je essayé de m'autopersuader, calme-toi. Je vérifie régulièrement que la méthode Coué ne fonctionne pas avec moi. J'ai retenu ma respiration. J'ai inspiré et expiré à plusieurs reprises. J'ai balancé mon cou à droite et à gauche pour le dénouer. J'étais toujours aussi énervée.

Pour me calmer, j'ai décidé de ranger ma chambre. Contrairement au reste de ma famille, j'aime l'ordre. Je suis donc devenue malgré moi la fée Proprette de notre logis. Je trie, je jette, je classe, j'aligne, je coordonne. Parfois il m'arrive même de balayer, essuyer, laver et lustrer.

J'ai remis l'oreiller à sa place. J'ai balancé dans ma poubelle les emballages, les papiers et le gobelet.

J'ai hésité à jeter les outils et les photographies pour me venger, mais j'ai finalement décidé de les poser devant ma porte. Ça m'a un peu détendue.

Je me suis installée à mon bureau et j'ai ouvert mon cahier. Sujet de la rédaction pour demain : « Demain est un autre jour. » Je ne voyais pas vraiment ce qu'on pouvait écrire là-dessus. C'était assez évident. Hier était un jour. Aujourd'hui est aujourd'hui. Et demain sera un autre jour. « Sera » et non « est ». Demain se conjugue au futur, pas au présent.

J'en étais à ce niveau de réflexion quand la maison a sursauté. Mon pot à crayons l'a imitée avant de s'écraser sur le sol. Une nouvelle invention de mon oncle venait d'exploser. Je me suis forcée à ne pas bouger. J'avais envie de descendre en courant pour vérifier qu'ils étaient tous encore vivants et entêtés, mais je me suis retenue.

Les inventions de mon oncle explosent à intervalles irréguliers. Tout le monde s'en moque. Ma mère continue à écrire, mon père à composer, mon grand-père à donner des ordres, Nikita à veiller et ma grand-mère à être morte. Cela n'inquiète personne. Personne sauf moi.

J'ai respiré un grand coup, j'ai replacé mes crayons dans leur pot, j'ai enfoncé mes babs (bouchons antibruit alias boules Quies) dans mes oreilles et je me suis remise à ma rédaction.

Faire mes devoirs me détend.

LA GUERRE DES MONDES

Vendredi a très mal commencé.

Mon grand-père a oublié de sonner du clairon à sept heures ce matin et je me suis réveillée avec une demi-heure de retard sur mon programme quotidien. J'ai dû sauter la case « petit-déjeuner familial au café du coin » sans toucher de supplément d'argent de poche et courir pour être à l'heure au collège.

Je suis arrivée affamée et à bout de souffle.

Plus tard, Mlle Crosse, notre prof de français, m'a forcée à lire ma rédaction devant toute la classe. Elle n'a pas un mauvais fond.

Elle fait même partie du top five des profs que j'ai eus jusqu'à aujourd'hui (comme je n'en ai eu que six depuis mon entrée au collège, ce n'est pas non plus un exploit digne du *Livre des records*).

Elle aurait pu se retrouver sur la première marche de mon podium si elle ne s'était pas fixé comme objectif éducatif d'augmenter mon taux de participation. Je déteste parler en public. Je ne supporte pas qu'on me remarque. Je n'aspire qu'à une seule chose : devenir aussi transparente que ma grand-mère.

Je me suis approchée du tableau à reculons. J'ai lu mon texte d'une voix hachée. Mes mains moites glissaient sur le papier et je sentais des gouttes de sueur couler le long de mon dos. Cette rédaction ne faisait pas exception à ma règle : elle était mauvaise. Je suis nulle en français. Moi, mon truc, c'est les mathématiques. C'est logique, carré, contrôlable. Il suffit d'un minimum de rigueur et de concentration et après, ça vient tout seul. En plus, c'est utile, alors que les rédactions ne servent à rien.

Le commentaire de Mlle Crosse m'a renvoyée à mon pupitre : « Bon style, mais manque flagrant d'imagination. »

Je sais bien que je suis la seule personne de ma famille à n'avoir aucune imagination. Je n'ai pas besoin de venir au collège pour qu'on me le rappelle. Mes gènes créatifs ont dû se bagarrer dans le ventre de ma mère avant ma naissance. Ça a dû se passer comme dans *Highlander*. À la fin, il ne devait en rester qu'un. Résultat, ils se sont tous entre-tués et il ne m'en est resté aucun.

Le temps que je me relève de mon humiliation, Mlle Crosse était déjà à la recherche d'une nouvelle victime. Comme à chaque fois, Martin a levé le doigt. Notre prof a soupiré, mais elle a fini par céder puisque personne d'autre ne se proposait.

En montant sur l'estrade, Martin a rajusté ses lunettes de ski comme si c'étaient des lunettes de vue et a passé une main dans sa coiffure en pétard. Et puis, rien. Il n'a rien dit. Il n'a pas lu. Il s'est contenté de nous regarder en souriant.

Martin est mon meilleur ami. Je l'adore. Il me fait marrer. Mais il est comme ma famille... aussi givré qu'un plat surgelé.

D'ailleurs, ils s'entendent très bien. Ils doivent vivre sur la même planète. Dans une autre galaxie. Loin. Très loin. À des années-lumière de la nôtre.

Martin est un peu zinzin sur les bords et totalement barge au milieu. Il peut décider sur un coup de tête :

- de nager habillé dans la fontaine de la place de notre ville parce qu'il a trop chaud
- de se balader avec un bonnet de laine en plein été pour ne pas attraper une « bronchite des oreilles »
- d'entamer une discussion sans queue ni tête avec le chien de son voisin.

Il appelle mon grand-père « Colonel ». Dès qu'il le voit, il se met au garde-à-vous en claquant des talons et mon grand-père lui répond de sa belle voix bourrue : « Rompez, jeune homme ». Une façon comme une autre de se dire bonjour.

Il a lu tous les livres de ma mère. Il écoute les yeux dans le vague la musique de mon père, en marquant du pied un rythme imaginaire, et accepte sans peur de servir de cobaye à mon oncle. Mais, le pire du pire, c'est quand il parle avec ma grand-mère. Je le retrouve parfois seul dans une pièce de notre maison en grande conversation avec le vide.

– Quoi, tu ne l'entends pas ? me demande-t-il à chaque fois.

– Non, je réponds, à chaque fois un peu plus agacée.

– C'est bizarre, reprend-il du même air aérien que mon père quand il nous joue une de ses nouvelles compositions.

– Cela n'a rien de bizarre ! Ma grand-mère est morte. Morte et enterrée. C'est toi qui es bizarre.

– Mais je ne suis pas le seul à l'entendre. Ta famille l'entend aussi, m'assène-t-il.

Qu'est-ce que je peux répondre à ça ? Ma famille est aussi débranchée que lui. Je suis la seule à ne pas parler avec ma grand-mère fantôme et à ne pas l'entendre. Au début, mes parents ont pensé que je devais être légèrement sourde. Après des examens médicaux qui ont prouvé que j'avais une ouïe absolument normale, ils en ont déduit que j'étais encore trop jeune. Je ne sais pas quel âge avait Jeanne d'Arc la première fois qu'elle a entendu des voix.

En tout cas, j'ai très bien entendu celle de Mlle Crosse quand elle a fini par craquer et a lancé d'un ton irrité :

– Bon, Martin, tu nous la lis cette rédaction, oui ou non ?

Il a bricolé un nouveau sourire et s'est jeté à l'eau. Il nous a raconté l'histoire invraisemblable d'un enfant d'extraterrestres placé dans une famille humaine pendant une journée. Mlle Crosse a trouvé que « C'était très original, mais totalement hors sujet ». Moi, j'ai trouvé que ça ressemblait à une mauvaise série B. Si c'est ça avoir de l'imagination, je préfère rester comme je suis. Normale.

J'ai retrouvé Martin pendant l'interclasse et comme d'habitude, il s'est lancé sur son sujet favori : sa famille. Martin trouve que ses parents sont les personnes les plus conventionnelles et les plus ennuyeuses qu'il connaisse.

Il rêverait d'avoir une famille comme la mienne. Une famille où tout peut exploser d'une seconde à l'autre, où on ne sait jamais de quoi demain sera fait si tant est que l'on sache de quoi aujourd'hui l'est, une famille dont il est absolument impossible de prévoir les réactions, une famille où la logique n'a pas sa place. Même pas celle du mort. Vu qu'elle est déjà prise. Par ma grand-mère.

– Tu ne te rends pas compte de ta chance, a-t-il recommencé.

D'habitude, je prends ça avec philosophie. Je lui souris, je le rassure, je l'écoute. Mais pas aujourd'hui. Aujourd'hui était un autre jour.

– Ta famille est vraiment trop cool et top délire, a-t-il renchéri.

Ça a été la goutte d'eau qui a fait déborder mon vase. J'en ai eu marre.

Marre qu'il se lamente en parlant de sa famille.

Marre qu'il mette la mienne sur un piédestal.

Marre de devoir afficher un air réjoui parce que j'ai le privilège d'avoir une famille qui est contre les devoirs à répétition et pour les vacances à profusion.

Marre de Martin.

Marre.

– C'est toi qui ne te rends pas compte, lui ai-je expliqué. Ma famille ne fait jamais rien comme les autres. Je vis dans un asile avec des fous à qui personne n'a jamais prescrit de médicaments. De l'extérieur, évidemment, ça a l'air génial. Tu viens de temps en temps et tu délires avec eux, mais tu ne vis pas ça au quotidien.

– J'aimerais tellement... a-t-il soupiré. Moi, je vis dans une famille qui semble tout droit sortie des résultats d'un sondage. Mes parents sont tellement prévisibles que j'ai l'impression de revivre chaque jour exactement la même journée. Comme dans ce film où le type se réveille chaque matin le même jour que la veille et est condamné à subir indéfiniment la même journée. C'est quoi déjà le titre ?

– *Un jour sans fin*, lui ai-je répondu d'un ton las.

Martin me demande un jour sur deux le titre de ce film. Je n'ai pas encore réussi à déterminer s'il cherche à me faire enrager ou s'il a vraiment une passoire à la place du cerveau. À tout hasard, j'essaie de ne pas lui montrer que ça m'agace. Il serait capable d'en profiter.

– Ah ouais. C'est ça. Et il n'y a pas que mes parents, a-t-il continué. Mon frère est comme eux. Heureusement depuis qu'il est interne, il ne vient plus que le week-end. Avec sa copine. On dirait qu'il l'a trouvée dans un catalogue par correspondance homologué par nos parents tellement elle leur ressemble. Ma vie est un cauchemar dans lequel je me réveille tous les matins. J'aimerais tellement avoir une famille comme la tienne.

– Et moi comme la tienne, ai-je soupiré à mon tour.

Martin et moi, on s'est regardés et on a dit en chœur :

– Et si on échangeait ?

– Pendant combien de temps ? j'ai demandé, tout d'un coup moins sûre de moi.

– Je sais pas moi... Une semaine ? a proposé Martin.

– Ouais, ça me paraît raisonnable, j'ai acquiescé.

– Et à moi complètement déraisonnable, a-t-il ajouté avec son sourire canaille, son sourire habituel.

Pour une fois, Martin et moi étions branchés sur la même longueur d'onde. Il ne restait plus qu'à convaincre nos familles respectives.

JOUR DE FÊTE

J'étais pratiquement certaine que mes parents allaient accepter. J'avais raison. En arrivant chez moi, j'ai tapé quatre fois sur le grand gong du salon. Réunion de famille.

– Voilà, ai-je lancé une fois que tout le monde a été rassemblé. Martin et moi on aimerait changer de famille pendant une semaine. Il viendrait vivre avec vous, et moi, j'irais chez ses parents.

Les sourcils de mon père se sont soulevés, mon grand-père s'est frotté les mains, mon oncle a tiré sur le lobe de son oreille gauche et ma mère a souri. Ils étaient ravis. Mieux, ils étaient rassurés.

Depuis quelque temps, ils s'inquiètent un peu de mon manque évident de loufoquerie. Ils n'osent pas vraiment en parler officiellement parce que ce n'est pas leur genre de se mettre martel en tête, surtout grand-père qui, ayant perdu la sienne, ne risque pas d'y faire entrer Martel.

Mais mon nouveau projet les rassurait. Je devenais normale en grandissant. Normale selon leurs critères déjantés c'est-à-dire complètement à l'ouest.

– C'est une idée géniale ! s'est écriée ma mère. Ça va te permettre de découvrir une nouvelle famille, de voir comment les choses fonctionnent ailleurs. Ça me rappelle mon voyage en Angleterre.

– Tu n'y es jamais allée, l'a dénoncée mon père.

– Si… enfin presque… Omar y est allé, s'est justifiée ma mère. C'est comme ça qu'il s'est rendu compte qu'il aimait la France et avait un tempérament casanier.

– Hum… a marmonné mon père sceptique en se tournant vers moi. De toute façon, tu n'es obligée à rien, mon fa dièse. Tu peux revenir quand ça te chante. Tu as le droit de prendre la clé des champs à tout moment.

Mais c'est vrai que ce n'est pas une mauvaise idée d'improviser un peu. Ça peut t'ouvrir de nouvelles harmonies, nourrir tes compositions, te permettre d'entendre un nouveau son de cloche…

– Et puis comme ça tu t'infiltres discrètement chez l'Ennemi, est intervenu mon grand-père.

– Mais les parents de Martin ne sont pas des ennemis, papa, a tenté ma mère.

– Tu les connais ? l'a-t-il interrogée.

– Non, a-t-elle reconnu.

– Alors qu'est-ce que tu en sais ? lui a-t-il rétorqué d'un ton flagrant délit.

– Rien. Mais toi non plus, tu n'en sais rien. Tu ne les connais pas plus que moi, a-t-elle répliqué.

– Le flair de l'espion, a expliqué mon grand-père en tapotant sa narine gauche. Je sens que ces gens ne sont pas nets. Ça me rappelle un couple de paysans pendant la guerre. J'avais perdu mon bataillon et je suis allé frapper à leur porte. J'ai tout de suite senti qu'il y avait quelque chose de louche. Ils se parlaient en code. Pour m'empêcher de les comprendre.

– Peut-être qu'ils s'exprimaient en patois, a siffloté mon père.

– J'ai pris mon téléphone portable, a continué mon grand-père comme s'il n'avait rien capté.

– Tu avais un téléphone portable ? ai-je relevé en feignant d'ignorer que les portables n'existaient pas à cette époque.

– Bien sûr, s'est agacé mon grand-père. J'ai donc téléphoné à un ami qui résidait dans une tranchée. Il a entamé des recherches sur-le-champ et…

– Sur Internet ? ai-je suggéré innocemment.

– Peu importe. Ne m'interromps pas tout le temps ! a répondu mon grand-père excédé. Donc, d'après ses recherches, il s'est avéré que c'étaient des espions déguisés en paysans. Grâce à moi, ils ont été démasqués.

Mon grand-père a souri d'un air fier, effectué un salut militaire et entonné la *Marseillaise.*

– Arrête, maman, a rigolé ma mère.

– Quoi ? ai-je demandé.

– Non, non, rien, a répondu ma mère en pouffant comme une gamine de quatre ans. C'est juste ta grand-mère qui me fait rire. Elle imite ton grand-père. Elle est très douée pour ça, tu le sais bien.

Non justement, je ne le sais pas puisque je n'ai pas le privilège « case en moins » de l'entendre et de profiter de ses histoires, de ses imitations et de ses plaisanteries dont on me rebat les oreilles depuis mon enfance. D'un autre côté, si elles sont du même niveau que celles de sa descendance, j'échappe peut-être au pire.

– Il faut fêter ça, a déclaré mon oncle. L'arrivée de Martin et le départ flamboyant de notre étincelle !

Il est descendu précipitamment dans son atelier.

– Attention, feu d'artifice, a-t-il crié avant de mettre volontairement le feu à sa dernière invention.

– Cela va vraiment enchanter mamie, a hurlé ma mère pour couvrir le bruit de l'explosion. Elle adore discuter avec Martin.

Tout le monde était content. Les morts et les vivants. Moi la première. J'avais besoin de calme.

LA CHARGE HÉROÏQUE

Pour Martin, cela a été beaucoup plus compliqué. Comme il me l'a raconté plus tard au téléphone, sa mère a aussitôt été contre. Elle l'a enseveli sous tous les arguments qu'elle pouvait déterrer pour le faire changer d'avis.

« Les enfants vivent avec leurs parents jusqu'à ce qu'ils soient en âge de quitter la maison. »

« Les enfants ne partent pas vivre dans une autre famille en pleine année scolaire. »

« Les enfants ne décident pas sur un coup de tête d'échanger leurs familles. Même pour une semaine. »

Martin a insisté, sa mère s'est affolée.

Dès que le père de Martin est rentré de son travail, elle s'est précipitée dans le salon afin d'en discuter avec lui. Elle a fermé la porte pour qu'ils soient à l'abri des oreilles de Martin, mais il a tout entendu.

Mon oncle lui a fabriqué un appareil baptisé le perce-mur (mon oncle invente aussi des appellations non contrôlées) qui permet d'écouter les conversations même lorsque les portes sont closes. Cela me paraît assez évident puisque si les portes étaient ouvertes je ne vois pas à quoi servirait son gadget. Mais bon, même s'il est inventeur, mon oncle se permet d'enfoncer de temps en temps quelques portes ouvertes.

– Tu vois, je t'avais bien dit que Martin avait des soucis, s'est lancée sa mère. Il regorge d'idées plus bizarres les unes que les autres. Cette histoire d'échange de familles n'est que la dernière en date. La voisine est venue se plaindre la semaine dernière parce qu'il avait dépoté certaines de ses fleurs pour les planter dans le jardin de la vieille femme qui habite en face sous prétexte qu'elle n'en a pas. Quand elle a essayé de l'attraper, il a hurlé « Liberté, égalité, fraternité ». La directrice du collège m'a téléphoné hier pour me demander si c'était vraiment nous qui refusions que notre fils retire son masque de ski en classe pour, je cite, « protéger ses yeux des rayons ultraviolets du tableau noir ». Sans parler de son plongeon dans la fontaine, de la fausse alerte au feu…

Elle a poussé un long soupir et secoué la tête avant de continuer :

– Je ne sais plus que penser, Pierre. Cet enfant cherche à nous faire comprendre quelque chose, mais je ne sais pas quoi. Tu as toujours soutenu qu'il se comportait ainsi pour qu'on le remarque et qu'il changerait avec le temps – je n'en suis plus si sûre maintenant. Tout cela est tellement… tellement étrange. Je suis totalement dépassée. Je n'ai jamais connu ça. Je viens d'une famille particulièrement équilibrée. Tu ne m'avais pas dit qu'une de tes tantes avait abandonné ses études sur un coup de tête pour se consacrer à la peinture sur porcelaine ?

– Oui, mais…

– Ce n'est pas elle qui a fini dans un asile ? s'est alarmée sa mère.

– Dans une maison de retraite. À quatre-vingts ans. Cela n'a absolument rien à voir. Cela arrive à beaucoup de gens.

– Oui, enfin... Maintenant, Martin s'est persuadé d'aller vivre dans la famille d'une de ses camarades de classe pendant une semaine. Bien évidemment, en échange, celle-ci viendrait chez nous. Je lui ai répondu que c'était hors de question. J'ai tout essayé pour lui faire entendre raison. Je n'y suis pas parvenue. Il veut nous quitter. Il est malheureux avec nous, en a déduit sa mère, des sanglots dans la voix. Quand je lui explique que c'est une idée délirante, il sourit comme s'il se moquait de ce que je lui dis. Il ne me répond pas, il se contente de sourire et son sourire lève les yeux au ciel.

– S'il sourit, c'est qu'il n'est peut-être pas aussi malheureux que tu sembles le croire, a tenté de la rassurer son père.

– Hmm...

– Peut-être que la meilleure des solutions est de rencontrer les parents de cette petite. Il est probable qu'ils n'ont pas plus envie que nous d'échanger leur enfant.

– Je les ai appelés cet après-midi. Je suis tombée sur le père. Il doit travailler dans l'armée puisqu'il m'a aussitôt demandé si je souhaitais m'engager. J'ai cru que je m'étais trompée de numéro, mais, au moment où j'allais m'excuser, une femme a pris l'appareil. Elle était parfaitement au courant de cette histoire. Seulement, elle, elle semble penser que c'est une très bonne idée, que cela permettra aux enfants de découvrir comment la vie se déroule dans une autre famille et de faire l'expérience d'un autre mode de vie.

– Elle n'a peut-être pas tort. Tu imagines une semaine sans fausse alerte, sans coups de fil des voisins ou de la directrice... Martin n'a pas décidé de nous quitter définitivement. Une semaine, ça passe vite. Et puis, toi qui as toujours voulu avoir une fille...

– Mais on ne sait pas comment est cette petite. Sa mère avait l'air bizarre au téléphone.

Martin a choisi ce moment pour entrer, l'air de rien, dans le salon. Il n'a pas prononcé un mot. Il s'est contenté de regarder ses parents en souriant.

– Tu m'as dit que le père était militaire. Ça ne doit pas être drôle tous les jours chez eux.

Un peu de discipline ne fera pas de mal à Martin et je suis sûr que sa camarade ne nous posera aucun problème. Les filles sont plus calmes que les garçons, a tenté son père en s'agrippant à la première idée reçue qui voltigeait dans sa tête.

– Tu as peut-être raison. Cela lui fera sûrement du bien. Et à moi aussi. Cela me permettra de prendre du recul. Et également de remettre un peu d'ordre dans la maison, a cédé sa mère au moment où une pile de journaux ébranlée par le saut de joie de Martin s'écroulait sur le tapis du salon.

Voilà comment les parents de Martin ont accepté notre idée.

Sur un malentendu.

L'ÉCHANGE

Le dimanche soir, je n'étais plus vraiment sûre que cette histoire d'échange soit une si bonne idée. Je m'étais laissée entraîner par l'enthousiasme de Martin et de ma famille. Je n'avais pas assez réfléchi. Je n'aime pas le changement. Je déteste les bouleversements. Je hais la nouveauté. J'exècre les révolutions. Certes, il était un peu tard pour le réaliser. Mon réveil affichait 18 h 57 et les parents de Martin devaient arriver à 19 heures.

Mes affaires étaient prêtes. J'avais pris mes essentiels : mes produits de toilette, des vêtements de rechange pour une semaine, mes babs, mes affaires de classe et Harvey, mon lapin en peluche rose.

Mon grand-père m'avait donné sous le sceau du secret un petit carnet vierge pour prendre des notes sur les activités des parents de Martin.

Mon père m'avait prêté son sifflet (baptisé Lauren Bacall) en me faisant promettre de ne pas en parler à ma mère. Elle le lui avait offert pour fêter leur première semaine de coup de foudre. Imitant cette sublime actrice dans *Le Port de l'angoisse*, il m'avait alors fredonné « Si tu as besoin de quelque chose, tu n'as qu'à siffler. Tu sais comment siffler, mon fa dièse ? Tu rapproches tes lèvres comme ça et tu souffles ! ».

Ma mère m'avait remis en catimini un flacon de parfum à son odeur créé par mon oncle.

Ce dernier avait glissé dans une de mes poches quelques flambeaux de secours de son cru.

J'étais parée. Indiana Jane à la découverte d'une famille normale.

J'avais vérifié trois fois mon sac à dos. J'espérais que je n'avais rien oublié. Après il serait trop tard vu que Martin et moi avions conclu un pacte motus-et-bouche-cousue qui prévoyait qu'il était :

- Interdit sauf cas de force majeure de retourner chez nos parents pendant la semaine.

- Interdit de fouiller dans les affaires de l'autre.

- Interdit de répéter aux parents ce que l'autre avait raconté sur eux.

C'était le pacte des trois ions : Immersion/Discrétion/Dissimulation.

La sonnette de la porte d'entrée a retenti à 19 heures tapantes. Avant que j'aie pu atteindre le rez-de-chaussée, mon grand-père, qui avait enfilé un costume d'officier de l'armée française de la guerre de 14-18 acheté en l'honneur de Martin, a ouvert la porte.

Martin se tenait devant ses parents avec un air que je ne lui avais jamais vu auparavant, entre le cocker et la crème caramel. Il a adressé un salut militaire à mon grand-père qui s'est aussitôt mis au garde-à-vous avant de lui faire signe de passer. Les parents de Martin s'apprêtaient à le suivre quand mon grand-père les a arrêtés en levant une main devant eux et a crié :

– Papiers, s'il vous plaît.

– Pardon ? a hoqueté la mère de Martin qui n'arrivait pas à savoir si mon grand-père était sérieux ou non.

– Vous devez présenter vos papiers afin que je détermine si je peux vous laisser entrer, a précisé mon grand-père d'un ton autoritaire en remontant son pantalon trop large pour lui.

– Mais, mais… a répété la mère de Martin.

Heureusement, ma mère s'est précipitée vers son père pour rattraper la situation. Elle se souvenait encore de la fois où il avait ligoté le jeune homme qui était venu relever les compteurs parce qu'il ne portait pas l'uniforme réglementaire.

– Papa, ce sont les parents de Martin. Ils m'ont envoyé une photocopie de leurs papiers cet après-midi, tu peux les laisser passer, a-t-elle improvisé en lançant un clin d'œil aux parents ahuris de mon meilleur ami.

Les parents de Martin sont entrés pendant que ma mère reconduisait son père dans la cuisine où il a commencé à préparer un nouveau plan de bataille. Ils ont regardé le salon d'un air où se sont exprimés tour à tour la surprise, l'embarras et le doute. Notre salon est un vrai capharnaüm. Il sert de bureau à ma mère, de salle de musique à mon père, de terrain d'entraînement au tir à mon grand-père, de planque à Nikita et de piste de danse à ma grand-mère dont le fantôme, paraît-il, adore danser.

Mon père m'a toujours soutenu que le désordre est un virus ultra contagieux et qu'une fois qu'on l'a attrapé, il est très difficile de s'en débarrasser. Moi, à regarder la tête de la mère de Martin, j'ai pensé qu'elle devait être immunisée. Cette femme dégageait une odeur rassurante : celle de la lessive et des journaux au carré. Cela me la rendait sympathique. Je me sentais moins seule. J'étais moi aussi vaccinée contre le chaos. Finalement, cet échange serait peut-être un bon interlude.

Mon père a désigné un fauteuil au père de Martin et une chaise à sa mère. Mes parents se sont assis par terre pour ne pas embêter les partitions et les manuscrits qui se reposaient tranquillement sur le canapé. Je suis restée debout à côté de la rampe d'escalier sur laquelle s'était assis Martin pour les observer.

La mère de Martin est parvenue à lancer un « C'est absolument charmant, chez vous » d'une voix étranglée. Martin m'a jeté un regard entendu.

Mes yeux ont fait semblant d'être sourds. Après tout, jusqu'à récemment, les membres de ma famille étaient persuadés que je l'étais.

– Hum, a enfin lancé le père de Martin, en se raclant la gorge alors que mes parents le dévisageaient sans retenue. Nous sommes venus déposer Martin et rencontrer votre fille, pour procéder heu… à l'échange.

Cette dernière expression m'a rappelé les vieux films d'espionnage sur la guerre froide dont mon grand-père raffole. Je nous imaginais Martin et moi des deux côtés d'un pont, relâchés par nos familles. La lumière déclinait. Il neigeait. Nous avancions chacun d'un pas égal. Arrivés au milieu du pont, nous nous saluions d'un bref mouvement de la tête et nous repartions du même pas, droit devant nous, pour rejoindre la famille de l'autre. Mon grand-père adore ce genre de scènes.

– Oui, s'est réjouie ma mère, c'est une idée divine, n'est-ce pas ?

– Heu, je n'irais pas jusque-là, chère madame, je…

– Cécilia, a corrigé ma mère.

– Pardon ?

– Je me prénomme Cécilia.

– Heu, oui, oui, Cécilia, pour tout vous avouer, nous avons fini par accepter cet échange parce que nous pensons…

– Qui avoue ? a aussitôt hurlé mon grand-père en sortant de la cuisine comme un diable de sa boîte.

La mère de Martin a sursauté et manqué de tomber de sa chaise. Son mari a rougi jusqu'aux oreilles et Martin a affiché son sourire canaille.

– Ce n'est rien, colonel, lui a expliqué mon père d'une voix calme. C'est juste une expression dissonante.

– Je préfère ça, a déclaré grand-père en repartant vers la cuisine. La torture, la torture, ça manque terriblement de panache.

– Vous disiez ? a repris ma mère comme si de rien n'était.

– Heu… je disais que nous avons fini par accepter heu… ce changement de famille parce qu'il pourrait peut-être heu… faire du bien à Martin. Martin est un enfant comment dire…

– Singulier, a ajouté sa femme en se précipitant à son secours.

– Oui, voilà, singulier. Un peu de discipline ne saurait lui faire de mal. Votre mari est bien militaire ? s'est repris le père de Martin qui venait de retrouver ses mots.

Mon père n'a même pas relevé. Il n'écoutait plus rien. Il avait les yeux dans le vague et battait la mesure d'un léger mouvement de la main. Il était en train d'écrire une nouvelle partition dans sa tête.

– Non, mon mari est musicien. C'est mon père qui est militaire, enfin… si l'on peut dire…

– Votre père ? Vous voulez dire le vieux monsieur habillé en officier de la Première Guerre mondiale ? a demandé le père de Martin en essayant de dissimuler son inquiétude.

– Oui.

– Ah, a commenté le père de Martin d'un ton attristé.

– Enfin, voilà, nous étions au départ opposés à cet échange et maintenant nous sommes là, a soufflé la mère de Martin.

– Hortensia est ravie, l'a encouragée ma mère.

– Hortensia ? a répété la mère de Martin étonnée.

– Oui. Hortensia. Notre fille, a précisé ma mère de la voix qu'elle prend pour parler aux enfants très jeunes et aux personnes très âgées.

– Oh, oui, excusez-moi, je croyais qu'elle se prénommait… heu… autrement, a cafouillé la mère de Martin soudainement atteinte du même bégaiement que son mari.

Hortensia… c'est un prénom… heu… comment dire… original.

– Je dirais même plus, « spécial », ai-je appuyé en cherchant vainement à capter le regard de mon père.

Je déteste mon prénom. Dans le meilleur des cas, on m'appelle Hortense. Dans le pire, d'un nom de fleur. J'ai appris à répondre à tous. Pétunia ? Présente. Camélia ? Présente. Forsythia ? Présente. Je suis un vrai parterre à moi toute seule. À ma naissance, je ne savais pas encore parler sinon je ne me serais pas gênée pour faire comprendre à mes parents qu'il est humiliant de supporter le même nom que les massifs de fleurs sur lesquels tous les chiens préfèrent faire pipi.

– C'est un prénom tellement saugrenu, a observé ma mère.

– Exactement, a surenchéri la mère de Martin en attrapant la balle au bond.

– Tellement saugrenu qu'il ne pouvait que nous plaire, a conclu ma mère d'un rire joyeux.

La mère de Martin a lâché la balle. Elle a rebondi quelques secondes sur le parquet de ses derniers espoirs et s'est volatilisée dans le rire de Martin venu rejoindre celui de ma mère.

– Bon, il est temps que nous partions, s'est résigné le père de Martin en se levant.

Une fois debout, on aurait dit qu'il avait rétréci d'au moins dix centimètres. Il avait les épaules voûtées. C'est lourd à porter un malentendu qui fait la sourde oreille. Sa femme l'a suivi. Elle a pris son fils dans ses bras pour lui dire au revoir tandis que son mari lui tapotait doucement le dos pour lui souhaiter bonne chance. Puis, ils ont salué mes parents. Ils allaient refermer la porte derrière eux quand ma mère s'est écriée :

– Hey, les amis, vous oubliez Hortensia.

J'ai embrassé rapidement mes parents et mon grand-père. J'ai fait un signe de la main à Martin. J'ai crié au revoir à mon oncle du haut de l'échelle. Il allait pouvoir se remettre à ses inventions car je lui avais demandé d'être le plus discret possible tant que les parents de Martin étaient là.

Je me suis avancée vers eux. La mère de Martin a eu un imperceptible mouvement de recul. Je lui ai fait mon sourire d'ange, ou de sainte-nitouche comme le qualifie Martin. Et comme d'habitude, ça a marché. Je sais que je ressemble à Blanche-Neige junior avec mes boucles brunes, mes grands yeux clairs et mes fossettes candides. Alors j'en profite.

La mère de Martin m'a renvoyé un sourire timide. C'était dans la poche. Son père me poussait doucement vers la sortie quand ma mère m'a rappelée au désordre, fichant en l'air mon travail d'approche :

– Chérie, tu as oublié de dire au revoir à ta grand-mère.

– Heu, elle est où ? ai-je demandé d'une voix gênée en évitant de regarder les parents de Martin.

– Maman, où es-tu ? a demandé ma mère en interpellant le néant.

– ...

– Elle est là. Juste à côté de moi, ma chérie, m'a indiqué ma mère d'un signe de tête.

Les parents de Martin ont contemplé le vide, interloqués. J'ai rapidement embrassé l'air et je me suis dirigée vers leur break.

Je me suis glissée à l'arrière et j'ai attaché ma ceinture de sécurité. Le père de Martin a tourné la clef de contact, mais s'est arrêté aussitôt. Un bruit tonitruant venait de retentir à l'intérieur de notre maison. La voiture a oscillé sous le tonnerre de l'onde de choc.

Alors que la mère de Martin s'apprêtait à ouvrir sa portière pour se précipiter au secours de son fils, je l'ai arrêtée.

– Ne vous inquiétez pas. Cela arrive tout le temps. C'est pas grave, c'est mon oncle. Il est inventeur. Parfois ses prototypes explosent.

Le père de Martin a posé une main apaisante sur le bras de sa femme, a remis le contact et enfoncé la pédale de l'accélérateur. Je me suis adossée au siège et j'ai regardé dans le rétroviseur. La mère de Martin avait les larmes aux yeux. J'avais de la peine pour elle, mais j'ai eu beau me creuser la tête, j'ai été incapable d'y déterrer quelques mots rassurants. Elle venait d'abandonner son fils dans une famille de cinglés. La mienne.

CALME BLANC

Nous sommes arrivés trop tard pour regarder le journal télévisé comme la famille de Martin le fait chaque soir. J'étais un peu déçue. J'avais vraiment envie de savoir ce qui se passait dans le monde. En effet, si j'ai déjà vu des centaines de films, la télévision, la vraie de vraie, je ne connais pas. Or j'ai remarqué que celle-ci divise le monde (c'est-à-dire ma classe) en trois catégories : les T+, les T et les T-.

Dès qu'ils rentrent chez eux, les T+ se lovent dans le canapé et se laissent bercer par le ronron lénifiant du poste. Ils regardent tout. Les dessins animés, le télé-achat, les jeux, les documentaires, les soaps, les films, les émissions de télé-réalité, le journal, la pub. Ils regardent tout, mais ne retiennent rien. Leur cerveau a été cramé par la grille des programmes et leurs derniers neurones électrocutés par le câble.

Maria, une pure T+ (niveau cinq heures minimum par temps clair) m'a, par exemple, soutenu la semaine dernière que les Experts du cyclone des Açores essayaient de sauver les ratons laveurs palestiniens de la famine en Afrique. Depuis, je l'évite. Je ne suis pas la seule. Personne ne parle aux T+. Ils ne se parlent même pas entre eux. Ils préfèrent regarder la télé.

Les T regardent le journal télévisé et les programmes à la mode. Les T peuvent aussi bien commenter la guerre industrielle (une guerre que mon grand-père ne connaît pas encore, pour cause de déficit télévisuel) que la nouvelle couleur de cheveux de leur candidate préférée de la *Nouvelle Star*. Ils connaissent les nouvelles séries américaines et parlent des personnages comme s'ils faisaient partie de leur famille. Ils forment la bande des cool, celle dont tout le monde espère un jour faire partie tout en soutenant mordicus le contraire.

Les T-, auxquels Martin appartient, ne regardent que le journal télévisé et quelques films et feuilletons présélectionnés par leurs parents. Cela leur permet de discuter parfois avec les T qui les respectent et de mépriser les T+ qui les détestent. Les T- sont des intermédiaires, parfois qualifiés « d'intellos » par les T, ce qui n'est pas forcément un compliment.

Et puis, il y a moi. Je suis un CTAP, un cas télévisuel à part. Je ne connais pas la télévision. J'arrive à faire illusion quand on parle des films puisque je les ai en général déjà tous vus, mais, pour le reste, c'est le trou noir.

Comme je ne veux surtout pas attirer l'attention et prendre le risque de passer pour une folle, quand on branche le sujet télévision, je m'estompe. Je hoche la tête d'un air entendu, je fais semblant d'être d'accord avec tout le monde et d'être déjà au courant de tout.

N'empêche. J'étais contente d'être chez les parents de Martin. J'allais enfin pouvoir regarder la télé.

Pendant que la mère de Martin préparait le repas, son père m'a montré ma nouvelle chambre, celle de Martin. Ma chambre idéale. Reposante. Zen. Rien ne dépassait, tout sentait le propre et le frais, pas un objet ne traînait, pas un pull ne sortait sa manche du placard, rien qui n'ait l'air d'être à sa place.

Le temps que je déballe et range mes affaires, le dîner était prêt.

Nous avons mangé du poulet au miel avec une purée de patates douces et partagé un gâteau à la noix de coco en dessert. Absolument délicieux.

Demain, nous mangerons des coquilles Saint-Jacques à la sauce aigre-douce avec du riz safrané et de la mousse au chocolat au lait. Je le sais déjà car la mère de Martin inscrit chaque semaine sur un tableau de la cuisine la liste des repas de la semaine.

Tout est prévu à l'avance. Ça permet d'éviter les mauvaises surprises, et les bonnes aussi se plaindrait Martin. Mais je ne suis pas comme lui. Je préfère savoir à quoi m'attendre. Je suis également vaccinée contre les surprises. Je pense qu'il vaut mieux renoncer aux bonnes pour ne pas risquer de subir les mauvaises.

D'après Martin qui le chronomètre chaque soir, le dîner dure exactement trente-trois minutes. Qu'il pleuve, qu'il vente, qu'il neige, qu'il soit en train de mitonner une nouvelle facétie ou qu'il soit à court d'ingrédients. J'ai regardé ma montre hier soir et il a raison. Trente-trois minutes pile-poil.

Quand les parents de Martin sont montés se coucher, il était encore très tôt. À peine 22 heures. Comme je ne m'endors jamais avant 23 heures, j'ai ouvert le carnet que m'avait offert mon grand-père et j'ai médité devant la première page blanche.

Ma mère m'a toujours conseillé de tenir un journal. J'ai toujours refusé. Moi qui déteste les rédactions, je ne vais pas m'en imposer une tous les soirs. En plus, je n'ai rien de palpitant à me raconter. Je ne vois pas l'intérêt de revivre ma journée une deuxième fois et je n'ai pas la moindre envie de courir le risque que quelqu'un lise mon journal et se rende compte à quel point ma vie est pitoyable et mes pensées mesquines. Tout le monde sait bien que les journaux intimes ne le restent jamais très longtemps.

Comme ma mère remet régulièrement le sujet sur le tapis, j'ai fini par lancer mon plan de survie *number one* (le seul que j'aie mis au point pour l'instant mais je ne désespère pas d'en trouver d'autres). Question n° 1 :

– T'en tenais un, toi, de journal quand t'avais mon âge ?

Les parents abreuvent souvent (neuf fois sur dix selon mes statistiques familiales) leurs enfants de conseils qu'ils n'ont jamais avalés au même âge. Confrontés à ce genre de question, ils sont donc obligés de se justifier. Comme ma mère ce jour-là.

– Heu, non, m'a-t-elle répondu gênée. Mais je l'ai toujours regretté…

– Pourquoi ? Ça t'aiderait à écrire tes bouquins ? ai-je supposé.

– Oui. Entre autres. Surtout j'aimerais me souvenir, a-t-elle ajouté évasive.

– Te souvenir de quoi ? ai-je insisté.

– De ce que je pensais à ton âge, de qui j'étais, de mes rêves, de mes angoisses…

– Alors pourquoi ne tiens-tu pas de journal maintenant ? l'ai-je acculée.

– Je ne sais pas… La paresse, sûrement, a-t-elle analysé.

Ma mère était à point. Je suis passée à la deuxième phase de mon plan.

– Tu me l'aurais proposé si j'étais un garçon ? l'ai-je interrogée perfidement.

Ma mère est une féministe convaincue. Pour Noël, lorsque j'avais cinq ans, elle avait persuadé mon grand-père de m'offrir un camion de pompiers à la place de la poupée que j'avais demandée. Comme j'avais pleuré comme une Madeleine, ma famille s'était réunie pour discuter du problème et mon grand-père était parti acheter la fameuse poupée le lendemain matin.

C'est ce jour-là que j'ai compris que le père Noël n'existe pas. Ils ne sont pas parvenus à me faire croire que l'homme à la barbe blanche s'était rendu compte de son erreur une fois rentré au pôle Nord et était revenu le lendemain pour déposer ma poupée en oubliant de reprendre son camion.

– Heu... oui... sincèrement... a-t-elle affirmé.

Quand ma mère ajoute « sincèrement » à son oui, ça veut dire qu'elle ment.

– Menteuse, l'ai-je achevée.

Elle n'a pas osé me contredire. Ma mère a un problème. Elle ne sait mentir que par imagination. En tout cas, mon plan a marché. Elle n'a plus jamais refait allusion à cette histoire de journal.

Là, c'était différent. Mon grand-père ne m'avait pas offert ce carnet pour que je lui raconte ma vie, mais pour que je prenne des notes sur les parents de Martin. Je devais enquêter pour savoir s'ils étaient ou non à la solde de l'Ennemi. Lequel ? Mon grand-père ne me l'avait évidemment pas précisé. Ces annotations devaient me permettre de lui faire un rapport précis à mon retour. Cela me donnait l'impression d'être Jane Bond 007. Je me suis creusé la tête et j'ai noté :

20h04 – Découverte de ma chambre idéale – Installation pacifique.

20 h 30 – Dîner : poulet au miel – purée de patates douces – Gâteau à la noix de coco. Fabuleux !

21h03 – Débarrassé table et rangé couverts et assiettes dans lave-vaisselle avec M5 (les espions utilisent toujours des noms de code). Vérification toutes les portes et toutes les fenêtres de la maison fermées par P12.

21h14 – Toilette dans la salle de bains la plus propre que j'aie jamais vue de ma vie (commentaire perso).

21h26 – M5 venue m'embrasser et vérifier que je ne manquais de rien avant de partir « se débarbouiller ».

21h42 – P12 passé me dire bonne nuit. A vérifié que bien installée et que volets de ma chambre clos.

21h48 – M5 revenue dans ma chambre vérifier (on ne sait jamais) que je ne manquais toujours de rien. Est partie rassurée.

22 heures – Silence absolu. Semblent dormir. RAS.

J'ai relu mes notes. J'étais plutôt fière de moi. Bon, j'avais clairement exagéré la précision des horaires, mais ça faisait vraiment pro.

Il n'était que 22 h 30 quand je me suis glissée sous la couette. Un silence apaisant régnait dans la maison : pas d'expérience musicale nocturne, pas de pianotage informatique, pas de marche au pas, pas d'explosion inattendue. J'ai reposé mes babs sur la table de nuit et j'ai sombré doucement dans le sommeil. Sereine.

LA FOLIE DOUCE

Lundi, la journée a merveilleusement commencé. Une délicieuse odeur de chocolat chaud m'a réveillée en douceur. Après un petit-déjeuner tout droit échappé de *La vie est belle* de Capra, la mère de Martin m'a déposée devant les grilles du collège avec un quart d'heure d'avance. C'était la première fois que je faisais le chemin en voiture et en compagnie. La tendance super mère poule de sa mère embarrasse Martin. Moi, j'ai trouvé ça vraiment agréable de me retrouver dans les plumes d'un poussin.

Quand Martin est entré dans la cour, il affichait le même sourire canaille que d'habitude mais en plus scintillant.

– Alors ? m'a-t-il tout de suite demandé.

– Alors quoi ?

– Ben, qu'est-ce que tu penses de ta première soirée chez mes géniteurs ? a-t-il précisé.

– C'était bien, ai-je affirmé.

– C'était bien ? Attends, ne me dis rien, laisse-moi deviner, s'est-il moqué en faisant semblant de frotter une boule de cristal imaginaire. Vous avez mangé du poulet au miel, de la purée de patates douces et du gâteau à la noix de coco en dessert. Le repas a duré trente-trois minutes et après vous êtes montés vous coucher.

– Exact. Et alors ? C'était super. La cuisine de ta mère est fabuleuse, ai-je rétorqué agacée.

– Et vous avez parlé de quoi ? m'a-t-il demandé d'un ton parfumé au second degré.

– Heu, je ne m'en souviens pas, mais… ai-je tenté.

– Ah, ah, s'est-il exclamé avant que j'aie eu le temps de trouver une réponse de secours. Vous n'avez parlé de rien. Je suis sûr que personne ne t'a posé de questions de tout le repas.

– Peut-être… Je n'avais pas envie de discuter de toute façon. J'ai profité du silence et du calme. Et toi ? ai-je attaqué.

– Génial ! s'est-il enthousiasmé.

– Génial ? Vous avez mangé quoi ? ai-je essayé de le piéger.

– Tes parents ont commandé à manger chez Marcello. On a eu des sphagettis all'arrabbiata et du tiramisu. Ils m'ont même laissé boire du spumante. Ils sont trop cool.

– Tu as eu de la chance, ai-je commenté.

– Ouais, je sais. C'était la première fois que je buvais de l'alcool, a-t-il approuvé.

– Je ne te parle pas de ça, je te parle du repas. Tu as eu de la chance. Les jours chez nous ne se ressemblent pas, ai-je poursuivi d'un ton qui se voulait plein de mystère.

– Tu essaies de me faire comprendre quelque chose ? a-t-il ricané, pas dupe, en relevant une mèche de ses cheveux hirsutes.

– Disons que c'était un jour avec. Il y a aussi des jours sans. Je te laisse le découvrir par toi-même. Comme tu adores les surprises…

Martin a pris l'air exaspérant du garçon qui savait déjà tout. Tant pis pour lui. Je le laissais faire son expérience par lui-même, comme on dit. Il n'avait pas encore goûté la cuisine expérimentale de mon père ou les recettes italo-américaines de Marcello genre les immangeables hamburgers aux calamars frits. Marcello est italien. Seulement, c'est un Italien de Brooklyn.

– Et le réveil au clairon, ça t'a plu ? ai-je ajouté.

– Ouais, ça m'a donné une pêche d'enfer, a-t-il fanfaronné.

Une pêche d'enfer. N'importe quoi ! Il allait avoir le temps de la voir moisir sa pêche d'enfer d'ici la fin de la semaine, monsieur J'adore-le-boucan. Il ne vivait plus *Un jour sans fin*, il volait *Au-dessus d'un nid de coucou.* Jusque-là, tout allait bien. Plus dure serait la chute.

Quand je suis rentrée, la mère de Martin avait préparé un goûter. C'était la première fois que j'en voyais un. Mes parents soutiennent que l'art nourrit. En tout cas, l'école creuse. Et puis, c'est joli, un goûter. Ça sent bon. Ça met de bonne humeur. C'est presque de l'art, un goûter. J'ai dégusté ses crêpes, après les avoir badigeonnées d'une confiture de figues maison, et bu mon verre de lait même si je déteste les laitages. Je ne voulais pas peiner la mère de Martin. Enfin, surtout, je ne voulais pas mettre en péril mes futurs festins.

– Alors, comment s'est passée ta journée, Hortense ? m'a-t-elle demandé en rinçant ses doigts immaculés conception.

– Hortensia, l'ai-je corrigée.

Elle a relevé le nez et m'a regardée comme si je venais de dire un gros mot, ce qui était presque le cas, puis elle s'est reprise :

– Heu… oui, Hortensia.

– Très bien, ai-je commencé. Monsieur Duterre a…

– Monsieur Duterre ? a-t-elle répété en se saisissant d'une feuille et d'un crayon.

– Heu, oui, notre prof de maths, ai-je répondu, surprise qu'elle ne connaisse toujours pas les noms de nos profs après de nombreuses réunions de parents d'élèves auxquels, à la différence de mes parents, ceux de Martin participaient assidûment. À moins qu'elle n'ait un problème avec les noms et les prénoms.

– Oh, oui, excuse-moi, je pensais à autre chose. Continue… m'a-t-elle encouragée en commençant à écrire.

– Nous avons eu cours de maths ce matin. Nous avons fait des équations. Je suis très bonne en maths, je…

Elle ne m'écoutait pas. Elle rédigeait une liste.

– Et puis, cet après-midi, nous avons eu un cours de SVT sur les grenouilles, ai-je poursuivi. C'est à ce moment-là qu'un lapin blanc portant un gilet avec une poche et une montre dedans est arrivé en courant et s'est mis à crier « Je suis en retard. Je suis très très en retard ? ».

– Hum... a-t-elle marmonné, le crayon dans sa bouche. C'est très intéressant.

– N'est-ce pas ? ai-je ironisé. J'ai fini par tuer le lapin, je lui ai arraché la peau, je l'ai dépecé. C'était génial, on nageait dans le sang. Martin était mort lui aussi. De rire.

– Pardon ? a-t-elle paniqué en entendant le prénom de son fils.

– Non, rien. Laissez tomber, ai-je reculé. Vous faites quoi comme liste ?

– Martin est blessé ? a-t-elle suffoqué. Tu as bien parlé de sang ?

– Pas du tout. J'ai juste dit qu'il avait fait un sans faute, ai-je menti en insistant sur le « sans ». En dictée !

– Oh... Désolée, s'est-elle excusée en reprenant son souffle. Je n'écoutais pas vraiment ce que tu racontais. J'étais concentrée sur ma liste des repas de la semaine prochaine.

– Déjà ?

– Déjà quoi ? s'est-elle étonnée.

– Vous pensez déjà aux repas de la semaine prochaine. Pourquoi ?

– Mais parce qu'on est lundi, m'a-t-elle répondu comme si c'était évident.

– Justement, j'ai demandé, ce n'est pas un peu tôt pour prévoir les repas de la semaine prochaine ?

– Je fais ça tous les lundis, m'a-t-elle répondu à nouveau comme si elle s'était mise en mode répétition.

– Oui, mais ce n'est pas un peu tôt ? ai-je insisté en jouant moi aussi au CD rayé.

– Mieux vaut prévenir que guérir, a-t-elle lâché avant de replonger le nez dans son caddie virtuel.

Je n'étais pas certaine de voir le rapport entre une liste de courses et une maladie, mais j'ai préféré garder cette réflexion pour moi. Martin m'avait prévenue. Ses parents sont de purs mathématiciens du langage. Ils passent leur temps à répéter des formules. Creuses. Comme je n'avais pas envie de lui raconter la suite de *Alice au pays des merveilles* version *Dracula*, je suis montée faire mes devoirs.

Quand j'ai ouvert la porte de la chambre, mon univers s'est agrandi. Je venais d'entrer dans la quatrième dimension. Le lit était retapé, la moquette nickel, le bureau astiqué, la poubelle vidée et le pot à crayons à sa place. Un délicat bouquet de fleurs fraîches avait même été déposé sur ma table de nuit.

J'ai respiré un grand coup. Tout était pour le mieux dans le plus propre des mondes possibles.

Le soir, j'ai inauguré mon premier journal télévisé. J'en ai pris plein le cœur. Il se passait des trucs horribles partout dans le monde et je n'étais même pas au courant.

Le journal télévisé, c'est une usine à cauchemars. C'est plus flippant que *La Nuit du chasseur*, plus violent que *Orange mécanique* et plus triste que *Pour qui sonne le glas*. En plus, là, c'est pour de vrai.

Un serial newser dont le tronc était bien habillé et aux cheveux gominés nous a balancé coup sur coup que :

– 33 enfants avaient été tués par un fou furieux dans un collège aux États-Unis.

– Un attentat à Alger avait fait 22 morts et 135 blessés.

– La planète était en train de se réchauffer et on mourrait bientôt tous noyés dans notre sueur.

– Le président de la République avait piqué des sous dans les caisses de l'État pour acheter un appartement à son cousin.

Du coup, quand on est passés à table pour manger les coquilles Saint-Jacques et le riz safrané prévus depuis lundi dernier, je n'avais plus faim. J'ai chipoté dans mon assiette. La mère de Martin s'en est tout de suite inquiétée. J'ai tenté de la tranquilliser en lui expliquant que j'avais un appétit de moineau, mais elle n'a pas eu l'air convaincue.

Heureusement son mari est venu à ma rescousse. Il lui a assuré que les filles mangeaient beaucoup moins que les garçons avant de reprendre la conversation. Il était complètement obnubilé par « l'argent des contribuables qu'avait dilapidé le chef de l'État » et par « tous les impôts qu'il payait et qui finissaient dans ses poches ».

Était-ce la seule chose qu'il avait retenue ?

D'après le Nostradamus hertzien, on était en train de mourir de chaud, alors mourir un peu plus riche ou un peu plus pauvre, je ne voyais pas ce que cela changeait. En tout cas, l'éventualité de sa mort prochaine ne lui coupait pas l'appétit.

De retour dans ma chambre, j'ai noté dans mon carnet :

17h38 – Goûter : crêpes à la confiture de figues (faite maison) + verre de lait – Liste des repas de la semaine prochaine par M5.

18 heures/20 heures – Devoir de SVT – N'ai pas pu vérifier ce qui se passait dans les autres pièces – Bruit de casseroles – Supposition : préparation du dîner.

20 heures – Journal télévisé – Horrible ! – Risque d'insomnie télégénique.

20h40 – Dîner – N'ai rien pu avaler – Même pas la mousse au chocolat au lait ! – Inquiétude de M5 – Ai fini par parvenir à la rassurer (avec l'aide de P12).

21h13 – Retour à la case hier (voir notes précédentes).

Avant de m'endormir, j'ai pensé à ma famille et j'ai senti un léger pincement au cœur.

Si je mourais cette nuit parce que la planète fondait, je n'aurais pas embrassé ma mère une dernière fois, je n'aurais pas entonné à mon père que je ressentais sa musique, je n'aurais pas fait mon rapport à mon grand-père, je n'aurais pas eu l'occasion de souffler à mon oncle Jean que ses inventions faisaient flamboyer ma vie et je n'aurais jamais rencontré ma grand-mère.

Est-ce qu'ils me manquaient ? me suis-je demandé malgré moi. Je me suis blottie sous ma couette pour échapper à cette question et je me suis endormie comme la veille. Dans un silence apaisant.

ACCORDS ET DÉSACCORDS

Mardi a été une journée beaucoup plus mouvementée. L'aprèm, pendant la pause, j'ai surpris Martin bavardant avec Vanessa, une T super jolie. Elle rigolait en balançant régulièrement ses longs cheveux en arrière dans le style très *Gilda*. Moi, j'étais en train de discuter avec Nicolas, le garçon le plus bavard que j'aie jamais rencontré. J'ai reculé pas à pas pour me rapprocher d'eux, forçant Nicolas à avancer pour me parler.

Quand j'ai été suffisamment proche pour entendre leur conversation, je me suis solidifiée et j'ai souri à Nicolas d'un air « je suis d'accord avec tout ce que tu dis, c'est passionnant, surtout n'arrête pas de parler ».

Cela ne servait pas à grand-chose, Nicolas aurait continué de toute façon.

Pendant qu'il poursuivait sa diarrhée verbale sur un sujet toujours inconnu à ce jour, j'ai tendu l'oreille pour écouter ce que Martin pouvait avoir de si passionnant à raconter à Vanessa.

– Tu ne connais pas ce film ? C'est un film absolument génial. Ça date des années 60 ou un truc comme ça, fanfaronnait-il. C'est l'histoire d'une voleuse qui est terrifiée par le rouge et les orages. Comme elle s'est enfuie avec la caisse, son patron, qui est secrètement amoureux d'elle, la poursuit et…

Pas de printemps pour Marnie, ai-je pensé. Martin était en train de lui raconter un de mes Alfred préférés. Vanessa gloussait comme s'il s'agissait d'une blague.

Martin a continué sa désopilante histoire de cleptomanie et de meurtre, puis a enchaîné sur les fameux croque-mademoiselle de mon père :

– C'est un truc vraiment spécial. Tu tartines les toasts de beurre de cacahouètes, tu mets du bacon, tu rajoutes du cheddar sur le dessus et tu grilles le tout avec un fer à repasser.

Vanessa s'est esclaffée et a lancé :

– T'es vraiment dingue, Martin.

Un « vraiment dingue » qui sonnait un peu trop comme un « vraiment super ». J'étais furieuse. Martin faisait un numéro de charme à une bêcheuse shootée au gaz hilarant. Pire, il se servait de ma famille pour jouer les Roméo.

C'était ma famille, pas la sienne. C'était mon père, mes histoires, mes films... Je l'ai imaginé blotti dans un des fauteuils de notre salle de cinéma, se tenant aux aguets avec mon grand-père, éclatant de rire avec ma mère, enquêtant avec mon père, inventant avec mon oncle et dansant avec ma grand-mère.

J'ai senti un essaim de questions affluer et bourdonner autour de moi. J'ai secoué la tête dans tous les sens et balancé furieusement les bras pour les chasser.

– Mais qu'est-ce que tu as ? s'est soudain écrié Nicolas.

– Rien du tout, ai-je répondu d'un ton « mêle-toi de ce qui te regarde ».

– On dirait que tu es attaquée par des guêpes. En plein novembre, s'est-il senti obligé de préciser.

– C'est un TOC, me suis-je excusée.

– Un quoi ? s'est-il inquiété.

– Un trouble obsessionnel compulsif, ai-je traduit.

– Heu, c'est contagieux ? m'a-t-il interrogée, visiblement mal à l'aise.

– Horriblement. Des fois, ça rend même muet, lui ai-je asséné.

C'est le moment que la cloche a choisi pour sonner. Nicolas en a profité pour s'enfuir, ce qui a mis un terme à mes pathétiques tentatives de vengeance par camarade interposé.

À la sortie, je n'ai pas attendu ce traître de Martin. Je suis rentrée directement chez ses parents.

Des cookies et un verre de jus d'ananas m'attendaient dans la cuisine. J'aurais bien aimé profiter tranquillement de ce remonte-moral sucré, mais la mère de Martin n'a pas arrêté de me poser des questions. Sur les cours, les profs, les devoirs... Elle tentait sûrement de rattraper son inattention de la veille.

Seulement, cette fois, j'étais trop contrariée pour lui raconter ce qui ne m'était pas arrivé. J'ai tricoté quelques réponses avant de l'informer que j'avais des devoirs à faire.

Cette information a semblé la soulager. Elle aussi avait du travail : la liste complète des tâches ménagères de la semaine prochaine à rédiger.

Après le journal de vingt heures, mon ventre a entamé une grève de la faim pour protester contre les mauvaises nouvelles. Tout en dégustant leurs filets de canard à l'orange, les parents de Martin discutaient des prochaines élections en se lançant des « ismes » à la figure et en accusant chacun leur tour le candidat préféré de l'autre d'être responsable des malheurs du monde. Ceux dont on venait de nous informer. Ceux qui étaient sûrement en train d'inverser la courbe de ma croissance vu qu'ils me coupaient l'appétit.

Avant de me coucher, j'ai pris un livre dans la bibliothèque de Martin. Sa bibliothèque est impressionnante. Elle contient tous les livres de ma mère et plein d'autres livres d'écrivains dont je n'ai jamais entendu parler. Martin adore inventer des histoires et... en lire. Il affirme que les livres lui permettent de rêver, de voyager, de rencontrer des inconnus, de rire, de pleurer et surtout de plonger en féerie.

J'ai pensé que ces instants de tranquillité romanesque devaient lui manquer maintenant qu'il vivait au pays des décibels. Ça m'a presque inquiétée pour lui.

Presque parce que je me suis souvenue de son comportement pendant l'interclasse. J'ai senti un truc acide remonter dans ma gorge, ça ne pouvait pas être le canard auquel je n'avais pas touché. Cela me donnait limite envie de pleurer. J'ai vite ouvert un livre pour ne plus y penser.

C'était la première fois que je lisais un des livres de ma mère. Je ne sais pas pourquoi je n'en avais jamais lu jusque-là. Je pense que j'avais un peu peur de ne pas aimer. Ma mère me comprend. Elle dit que, pour elle, c'est exactement pareil quand quelqu'un qu'elle connaît et qu'elle apprécie lui donne un de ses textes à lire. Elle a tellement peur de ne pas aimer, de ne pas trouver les mots pour expliquer pourquoi et de blesser inutilement un ami, qu'elle remet toujours sa lecture à un autre jour, une autre semaine, une autre année.

Dès la première phrase, j'étais accro. Ça me rappelait ma famille. Je voyais bien que ma mère s'était inspirée de moi pour son personnage. C'était déroutant et très drôle à la fois. Notamment quand Omar ne supporte plus de vivre dans sa famille de maboulis et décide de partir une semaine en Angleterre pour – prétend-t-il – se dépayser. Il concluait en affirmant que ça avait été une expérience intéressante, mais qu'il ne la renouvellerait pas.

Quand j'ai refermé le livre, un sentiment inconnu m'a attaquée par surprise. Ma mère me manquait.

J'ai ouvert le flacon de parfum confectionné par mon oncle, j'en ai posé quelques gouttes sur Harvey et je me suis endormie, blottie contre l'odeur de ma mère.

Au milieu de la nuit, j'ai été réveillée par un courant d'air. J'ai tendu l'oreille. Pas un bruit. J'ai allumé la lampe de chevet et j'ai vérifié que la fenêtre était bien fermée. Je me suis levée. J'ai regardé sous le lit, dans l'armoire…

Il n'y avait personne.

Pourtant, j'étais persuadée que quelqu'un était venu souffler dans mon cou. Et puis, il y avait cette drôle d'odeur sucrée qui avait envahi la chambre. Une odeur de poudre de riz.

Mon ventre s'est réveillé lui aussi. Il avait faim. Horriblement faim. J'ai allumé un de mes flambeaux de survie et j'ai ouvert la porte. Personne. Je suis descendue dans la cuisine sur la pointe des pieds.

Au moment où j'avalais ma deuxième cuillère de gratin d'abricots, un monstre hirsute a fait irruption dans la cuisine. Son bras droit était difforme et ses pieds pointus. J'ai failli lui jeter mon flambeau à la figure quand il a allumé la lumière.

Son bras droit a posé un parapluie sur la table, ses babouches se sont avancées vers moi et il m'a demandé d'une voix qui ressemblait à celle du père de Martin :

– Mais que fais-tu là ?

– J'arrivais pas à dormir et puis j'avais faim, me suis-je justifiée.

– Tu m'as fait une peur bleue. J'ai cru que j'avais mal fermé les portes et qu'un voleur était entré dans la maison. Il ne faut pas se déplacer comme ça la nuit dans la maison.

Quand il a surpris le regard étonné que je posais sur son pyjama rouge recouvert de poussins hilares, il a baissé les yeux.

– Heu... désolé. Je n'ai pas eu le temps d'enfiler une tenue adéquate. Le danger n'attend pas, a-t-il commenté d'un ton gêné avant de reprendre contenance. Tu ne m'as toujours pas expliqué la raison de ta présence dans la cuisine à l'heure où le marchand de sable est déjà passé.

– J'avais faim, ai-je insisté.

– Il fallait manger pendant le repas, Hortense, m'a-t-il objecté d'un ton professoral.

– À ce moment-là, je n'avais pas faim et je me prénomme Hortensia pas Hortense, lui ai-je répliqué.

– Eh bien, il fallait te forcer, Hortensia. Et puis, qui dort dîne. Mais... mais que tiens-tu dans la main ? s'est-il soudain inquiété.

– Un flambeau. C'est mon oncle qui l'a fabriqué, me suis-je vantée.

– Un flambeau ! s'est-il écrié. Tu aurais pu mettre le feu à la cuisine ou pire te brûler. Tes parents ne t'ont pas appris qu'il ne faut jamais jouer avec les allumettes ?

– Ce ne sont pas des allumettes, c'est un flambeau, l'ai-je corrigé d'un ton las.

– Peu importe. Je me comprends, a-t-il repris.

– Tant mieux pour vous, me suis-je moquée.

– Remonte immédiatement te coucher, m'a-t-il ordonné en attrapant mon flambeau et en courant vers l'évier pour l'éteindre.

Je lui ai lancé un regard incendiaire. Ce flambeau était à moi. Mon oncle l'avait fabriqué pour moi. Et de quel droit se permettait-il de critiquer mes parents qu'il ne connaissait même pas ? Il se croyait plus sensé qu'eux avec sa peur maladive des accidents domestiques et des voleurs ? Avec ses « il faut », « il faut pas », « il fallait » ? Qu'est-ce qu'il croyait ? Qu'il pouvait tout prévoir, tout prévenir, tout contrôler ?

Mon père a une théorie sur les « il faut/ il faut pas ». Selon lui, ils jouent leur vie en majeur et sont très « clé de sol ». Ils aimeraient que leur existence soit toujours philharmonique. Pourtant, comme il le fredonne toujours, il est impossible de jouer sa vie sans fausses notes. La seule chose qui compte est de ne jamais renoncer à trouver sa mélodie. Comme l'écrit ma mère, mon père ne se conjugue qu'au conditionnel.

Le père de Martin m'a suivie jusqu'à ma chambre pour vérifier que je réintégrais sagement mon lit. Il m'a fermement bordée, a éteint la lumière en soupirant et est reparti se coucher.

J'ai attendu quelques minutes et j'ai rallumé la lumière. Je me suis précipitée sur mon carnet et j'ai noté :

2h34 – Ai été débusquée par P12 dans la cuisine – Avait un parapluie dans la main et était habillé comme un clown échappé d'un cirque – Phobie des intrusions et du feu – A noyé mon flambeau – Fou à lier !

J'en ai profité pour ajouter :

15h35 – Martin discute avec Vanessa – Se sert de ma famille pour draguer – Lamentable.

Toute la colère et la tristesse que j'avais accumulées pendant cette journée se sont diluées dans l'encre. Peut-être que cette idée de journal n'était pas si nulle finalement… Je l'ai refermé, j'ai éteint la lumière et je suis retournée au pays des songes. Apaisée.

UN AIR DE FAMILLE

Mercredi matin, quand je suis entrée dans la cour, Martin m'attendait. Il s'est précipité vers moi dès qu'il m'a aperçue :

– Ben, t'étais où hier ? Pourquoi tu ne m'as pas attendu comme d'habitude ? Je t'ai cherchée partout.

– J'étais pressée, ai-je répondu évasive.

– Trop pressée de retrouver ton goûter et mes parents pour m'attendre ? a-t-il ironisé.

– Hum… ai-je marmonné.

– J'étais super déçu. J'avais un truc hyper marrant à te raconter, m'a-t-il annoncé.

– Tu aurais dû le raconter à Vanessa, ai-je répliqué.

– Tu rigoles ? Déjà qu'elle m'a tenu la jambe pendant toute la pause hier. Et puis c'est pas à elle que j'ai envie de raconter ma vie. C'est à toi, m'a-t-il expliqué alors que ses joues prenaient une drôle de teinte malabar.

– Pourtant tu avais l'air plutôt content de lui parler, ai-je observé en prenant mon ton le plus pastel.

– Je n'ai discuté avec elle que parce que tu étais en grande discussion avec Nicolas. Tu avais l'air si subjuguée par sa conversation que je n'ai pas voulu te déranger.

– Nicolas ? me suis-je étonnée. Subjuguée ?

– Ouais, tu n'arrêtais pas de lui sourire comme si sa conversation te passionnait. Enfin, tu parles avec qui tu veux, a-t-il reculé au moment où j'étais en train de me demander s'il n'était pas jaloux.

Je n'ai pas eu le temps de pousser plus loin mon analyse car Martin a aussitôt enchaîné :

– De toute façon, ce n'est pas de ça que je voulais te parler. Je voulais te parler de ton père.

– De mon père ? ai-je sursauté.

– Ouais. Avant-hier, il a fait un truc démentiel. Il est entré pendant la nuit dans ma chambre et il m'a emmené sur le toit pour observer le lever des étoiles.

– Ah… Génial, ai-je feint de me réjouir.

– Dingue. Trop dingue. Ta famille est vraiment top, a-t-il conclu en riant.

Je savais que cette phrase était censée me faire plaisir. Martin est mon meilleur ami. Il aime ma famille. Et réciproquement. Tout est pour le mieux dans le meilleur des mondes possibles. Pourtant, cela ne me plaisait pas. Pas du tout. C'était même carrément l'inverse.

Depuis que je suis petite, certains soirs, mon père vient me chercher dans mon lit. On grimpe sur le toit par la lucarne de la salle de bains et on s'allonge sur les tuiles en ardoise pour regarder les étoiles apparaître dans le ciel. C'est un truc entre lui et moi. Et maintenant, il agissait de même avec Martin.

Ma famille se passait très facilement de moi. Un peu trop facilement à mon goût. Martin était-il en train de me remplacer dans le cœur de mes parents ? Ils venaient d'hériter d'un fils qui leur ressemblait comme un grain de sable, alors que la vie ne leur avait offert qu'une fille sans imagination et affreusement banale.

Si mes parents décidaient d'adopter définitivement Martin, que se passerait-il ? Ne partagerais-je plus jamais de lever d'étoiles avec mon père ? Allais-je être obligée de regarder les infos tous les soirs jusqu'à ma majorité ?

J'ai essayé d'écarter ces questions en secouant la tête. Martin a rigolé et a affirmé d'un ton mystérieux :

– Tu leur ressembles.

– À qui ? lui ai-je demandé.

– À eux. À ta famille, m'a-t-il répondu.

– Moi ? me suis-je exclamée, aussi étonnée que s'il m'avait appris que Superman n'était plus allergique à la kryptonite.

– Oui, toi, m'a-t-il confirmé.

– N'importe quoi !

– Si, je te jure. Surtout quand tu chasses les questions en secouant la tête comme à l'instant, a-t-il ajouté.

– Comment tu sais ça ? Qui te l'a dit ? me suis-je énervée.

J'avais toujours été persuadée que personne n'avait remarqué cette petite manie dont j'avais honte.

– Le flair, m'a-t-il répondu en tapotant sa narine gauche.

– Le flair ?

– Oui, un flair transparent, de soixante-dix ans, qui sent bon la poudre de riz et adore danser, s'est-il marré.

– Ma grand-mère ?

– Qui d'autre ? m'a-t-il répondu de son sourire canaille.

Oui, qui d'autre ? ai-je pensé en souriant intérieurement.

Peut-être que Martin avait raison et que je leur ressemblais un peu finalement. En temps normal, cette pensée m'aurait contrariée. Elle m'aurait même effrayée. Mais là, je ne sais pas pourquoi, j'étais plutôt contente.

Quand je suis rentrée, la mère de Martin rédigeait une liste des personnes à qui elle voulait envoyer une carte de vœux l'année prochaine. Je ne lui ai pas demandé pourquoi elle s'y mettait dès le début du mois de novembre. Je me doutais qu'elle faisait ça tous les ans, le premier mercredi du onzième mois de l'année. À ce niveau-là, ce n'était plus de la prévention, c'était carrément une obsession.

Pour éviter que, comme la veille, elle ne tente de me faire la conversation, j'ai dévoré en quatrième vitesse le sublime goûter qu'elle m'avait préparé et j'ai filé dans ma chambre.

La serviette de toilette que j'avais laissée en évidence sur le dossier de la chaise du bureau avait disparu. Sa sœur jumelle propre, repassée et sentant bon la lavande, m'attendait sur le lit.

Je me suis assise devant le bureau reluisant de Martin et j'ai ouvert mon cahier. J'avais une rédaction à rédiger pour le lendemain. Je ne sais pas pourquoi j'attends toujours le dernier moment pour m'atteler à mes devoirs. Pour reprendre une des excuses favorites de mon oncle Jean à chaque fois qu'une de ses inventions explose malgré lui : « On ne se refait pas ».

Sujet : « L'herbe est-elle toujours plus verte ailleurs ? » Sujet qui s'est aussitôt transformé dans ma tête en : où Mlle Crosse va-t-elle glaner des sujets pareils ? Qui peut bien s'intéresser à la couleur de l'herbe à part les jardiniers et les profs de français en mal de moyens d'élaguer le temps libre de leurs élèves ? C'était semé d'avance. J'allais encore me planter.

Cette rédaction impossible a malgré tout eu un avantage. Elle m'a permis de zapper le JT. Je voulais la finir avant de passer à table. Les rédactions contrarient ma digestion.

Et puis il fallait bien que je mange, comme assurerait le père de Martin, si je voulais être un minimum en forme pour le cours de torture du lendemain.

Cette nuit-là, pour la première fois de ma vie, j'ai rêvé de ma grand-mère. Enfin, je crois que j'ai rêvé. Elle est venue me chercher dans mon sommeil. Elle m'a appris quelques pas de danse, un peu de polka mâtinée de fox-trot. Elle m'a parlé de danseurs dénommés Fred Astaire, Ginger Rogers, Cyd Clarisse et Gene Kelly avec des paillettes dans la voix.

Quand je me suis réveillée, j'ai rapidement noté ces noms dans mon carnet pour ne pas les oublier. J'avais une enquête à mener. Pour mon compte, cette fois.

UN JOUR AU CIRQUE

Jeudi matin, lorsque j'ai franchi les grilles du collège, j'étais de très bonne humeur. Je venais de passer la nuit dans une comédie musicale.

Martin n'était pas là.

Quand il a ouvert la porte de la salle de classe, avec dix minutes de retard, j'ai immédiatement remarqué qu'il y avait un truc bizarre. Et soudain, j'ai compris. Ses cheveux étaient tombés sous le coup de la loi de la pesanteur.

C'était la première fois que je le voyais sans sa coiffure en pétard. Ça ne lui allait pas. Il ne se ressemblait plus.

Comme personne ne se proposait pour lire sa rédaction et qu'elle en avait peut-être marre de quêter la participation, Mlle Crosse s'est tournée vers lui.

– Heu, je n'ai pas eu le temps, madame, s'est excusé le nouveau Martin.

– Je vous ai donné le sujet la semaine dernière. Peux-tu m'expliquer ce qui a pu t'empêcher pendant une semaine de préparer cette rédaction ?

– Je suis désolé, a-t-il tenté. Je n'ai pas pensé à la rédiger pendant le week-end. Et cette semaine a été… comment dire… chaotique.

J'étais bien placée pour savoir de quoi il parlait. Pas Mlle Crosse dont le regard s'est durci. Elle refusait de laisser Martin s'en tirer avec cette seule excuse. Sinon c'était la porte ouverte aux abus, comme certifierait notre directrice qui partage avec les parents de Martin un goût prononcé pour le lancer de lieux communs.

Je ne sais toujours pas ce qui m'a pris. Je n'ai pas eu le temps de réfléchir, ni d'avoir peur. J'ai levé la main et j'ai annoncé :

– On a un contrôle de maths, demain, madame. Tout le programme de l'année dernière à réviser. Alors la rédaction…

L'excuse du devoir dans les autres matières est à manier avec précaution. Au même titre que l'enterrement d'un membre de sa famille. C'est comme les billets d'avion, on ne peut les utiliser qu'une fois. Ils ne sont ni remboursables ni échangeables. Mlle Crosse a soupiré, puis a fini par déclarer :

– Bon, ça passe pour cette fois. Mais la semaine prochaine, j'attends ta rédaction sur ce sujet, Martin, et toi aussi Hortensia.

J'aurais mieux fait de me taire, ai-je pensé avant que Martin ne me remercie d'un regard cerné et triste qui m'a mis le cœur à l'envers et a relégué mon égoïsme aux oubliettes. Momentanément.

Quand j'ai retrouvé Martin à la cantine, il dévorait sa semelle de steak comme si c'était un chou à la crème.

– Ben, t'en fais une tête. Ça va ? me suis-je inquiétée.

– Pas top, m'a-t-il répondu en bâillant.

– T'es tout vert. T'es malade ? ai-je insisté.

– Je suis mort… de fatigue.

– T'as mal dormi ?

– Si au moins j'avais dormi, a-t-il gémi. Les tagliatelles à la sauce Caesar de Marcello me sont restées sur l'estomac. Je n'ai pas pu lire pour me détendre avant de me coucher. À peine avais-je débarrassé mon lit de toutes les cochonneries qui le recouvraient que ton grand-père a décidé de se plonger dans un énième film de guerre. En poussant le volume à fond. Pour « vivre les scènes ». Le piano de ton père et l'imprimante de ta mère m'ont empêché pendant des heures de m'endormir. Lorsque j'ai enfin réussi à m'assoupir, ton oncle a fait exploser je-ne-sais-pas-quoi. Le pire, c'est que je me suis réveillé au milieu de la nuit et que j'ai vu deux petits yeux rouges de diable en train de me fixer. Quand j'ai allumé la lumière, ils avaient disparu, mais j'avais tellement peur qu'ils reviennent me hanter que je n'ai plus osé fermer les miens.

Martin n'avait plus du tout une pêche d'enfer. Il avait une mine de déterré. J'aurais pu lui rappeler que je l'avais prévenu. Seulement ça ne servait plus à rien. Comme le chante mon père, c'est le genre de couplet dont l'air ne fait plaisir qu'à celui qui le joue.

J'ai préféré continuer dans mon nouveau créneau SOS meilleur ami en détresse et le rassurer :

– Oh ça. Ne t'inquiète pas. C'était sûrement Nikita.

– Nikita. C'est qui celle-là ? m'a-t-il demandé d'une voix pâteuse.

– Celui-là ! Nikita est un rat. C'est un ami de mon grand-père.

– Mais je ne l'ai jamais rencontré ! a-t-il papilloté.

– C'est normal, ai-je haussé les épaules. Il dort souvent pendant la journée. Sous le canapé du salon.

– Donc, hier soir, les petits yeux rouges... étaient ceux d'un rat. Un rat ! s'est-il soudain réveillé. Un animal de la race de ceux qui ont apporté la peste en France ! Un rat qui rôde dans ta chambre pendant la nuit et qui me matait hier soir pendant que je dormais !

– Nikita ne rôde pas. Il veille. Grand-père l'a rencontré dans le métro. Nikita est un réfugié politique. Il a fui la Russie à cause du génocide perpétré par les rats des champs contre les rats des villes. Comme il ne parle que le russe, il n'a pas pu s'intégrer à une meute en France. Avant que mon grand-père ne l'enrôle, il campait entre les rails du métro et mangeait un jour sur deux. Nikita est super intelligent. Et adorable. La nuit, il alterne les tours de garde avec mon grand-père. Il devait être en train de s'assurer que tout allait bien dans ma chambre quand tu t'es réveillé. Tu as dû lui flanquer une trouille bleue.

Moi qui avais hurlé aux épidémies quand mon grand-père m'avait présenté Nikita pour la première fois. Moi qui avais boudé pendant une semaine et interdit pendant un mois à celui que j'avais rebaptisé « Face de » de montrer un bout de moustache dans ma chambre. Moi qui avais toujours refusé de le laisser m'approcher. C'était ce même moi qui était aujourd'hui en train de prendre la défense de Nikita.

– Moi ? a hurlé Martin. C'est moi qui ai effrayé le rat ? Tu te fiches de moi ? Tu as bien prononcé la phrase « Ne t'inquiète pas » tout à l'heure ? Et tu crois vraiment que je vais réussir à dormir maintenant que je sais qu'un rat me surveille pendant que je dors ?

– Je croyais que tu adorais les trucs barjos.

– Y a des limites, a-t-il répondu en bâillant à nouveau.

Il a plongé une cuillère désespérée dans son deuxième yaourt avant de relever la tête et de marmonner :

– Au fait, merci de m'avoir sauvé la mise tout à l'heure.

– De rien, lui ai-je répondu alors qu'il bâillait pour la troisième fois.

L'après-midi, j'ai séché le cours d'EPS. C'était le côté deux en un de l'apparition de ma grand-mère pendant la nuit.

Effet n° 1 : mon père serait content, j'allais enfin utiliser un des mots d'excuse parmi la centaine qu'il me composait à chaque rentrée.

Effet n° 2 : j'allais enfin savoir la vérité, toute la vérité, rien que la vérité.

J'ai foncé à la bibliothèque. Je me suis installée devant un des ordinateurs et je suis partie surfer sur Internet. Est-ce que ces danseurs-acteurs hollywoodiens dont j'avais inscrit les noms dans mon carnet avaient réellement existé ou est-ce que je les avais purement et simplement inventés ?

La vraie question cachée derrière cette première question était : est-ce que le fantôme de ma grand-mère était vraiment venu me rendre visite pendant la nuit ou est-ce que j'avais fantasmé ?

J'ai tapé les noms dans Google. Non seulement ils avaient tous existé, mais tous avaient joué dans des comédies musicales d'une autre époque. Je n'avais pas rêvé. Mes parents, mon oncle, mon grand-père et Martin n'étaient pas fous.

C'est moi qui étais folle. Folle de ne pas les avoir crus. Folle de ne pas avoir eu envie de les croire. Folle de ne pas avoir sauté sur l'occasion d'avoir une grand-mère fantôme qui aimait danser et raconter des histoires à dormir debout.

ÉTROITE SURVEILLANCE

Vendredi soir, quand je suis rentrée du collège, la mère de Martin avait disposé sur la table de la cuisine des muffins à la framboise et un verre de citronnade pour mon goûter. Mon cœur allait sursauter de joie, mais il s'est arrêté dans son élan quand j'ai découvert le mot qu'elle avait placé à côté.

Quelques lignes pour me prévenir que, comme chaque vendredi soir, son mari et elle dînaient chez des amis. Mon repas était déjà dans le four, il suffisait de le réchauffer. Suivait, sortie toute chaude de l'imprimante, une liste d'instructions pour faire fonctionner le four en question et des recommandations du type « Ne pas oublier de fermer la porte et d'éteindre toutes les lumières avant de se coucher ». Un « Ne pas utiliser de flambeau pendant notre absence » avait été ajouté au crayon et souligné trois fois.

J'ai déchiré la liste et me suis jetée sur mon goûter pour tenter de me calmer. J'étais furieuse. Ils auraient quand même pu me prévenir la veille au soir. Mais non, ai-je pensé, sinon ils auraient été obligés de parler avec moi pendant le dîner et de se rendre compte que j'existais. Sans compter le risque que le repas explose son forfait quotidien de trente-trois minutes. Jamais mes parents ne m'auraient abandonnée toute seule à la maison avec pour unique activité un plat à réchauffer.

Je ne savais pas quoi faire. D'habitude, le vendredi soir, j'aide mon oncle à classer ses inventions. Je range d'un côté les « abouties », d'un autre les « à laisser reposer » et je laisse sur son plan de travail les « en voie de ». Je rechigne, je souffle, je me plains, mais, au fond, j'adore ça. C'est juste pour me rendre intéressante, pour que mon oncle comprenne que ranger est un travail compliqué, presque aussi valorisant que créer.

Seulement, là, je n'étais pas chez moi et la maison-témoin des parents de Martin n'avait pas besoin d'une nouvelle sorcière du logis.

Comme je n'avais pas de devoirs pour le lendemain, j'ai décidé de visiter le jardin.

Le jardin des parents de Martin est un clone de la maison. La pelouse est tondue au millimètre et les massifs de fleurs ont été arrangés par un adepte de la loi de la symétrie.

J'ai marché sur la pointe des pieds pour ne pas froisser de brins d'herbe, puis j'ai continué par un tour du pâté de maisons et comme je ne pouvais pas faire le tour du monde en une soirée, je me suis assise sur le trottoir. Je m'ennuyais comme un Nikita mort. D'ailleurs, je crois bien que je serais morte d'ennui ce soir-là si je n'avais pas été sauvée in extremis par le chien du voisin.

Il m'observait de l'autre côté de la rue. J'ai sorti Lauren Bacall et j'ai soufflé dedans. Il a traversé en remuant la queue. Après m'avoir flairée pendant au moins dix minutes (et constaté que mon prénom était un attrape-truffe), il m'a léché la main puis s'est couché à mes pieds.

Ça m'a fait penser à ce que m'avait dit Martin. Pas étonnant qu'il discute parfois des heures avec ce chien. Les vendredis soir, il n'y a personne d'autre à qui parler dans cette maison, personne d'autre avec qui s'amuser dans ce quartier. Le vide intersidéral.

Et là, l'improbable s'est produit. Comme Martin, j'ai parlé au chien. Je lui ai raconté ma journée et l'idée stupide que nous avions eue de changer de famille pendant une semaine.

– Maintenant, Martin s'endort pendant les cours et dévore la nourriture insipide de la cantine. Quant à moi, je parle… avec toi !

Le chien a brusquement relevé la tête en fronçant les babines.

– Excuse-moi. Je ne voulais pas te vexer. Mais tu dois bien reconnaître que c'est un peu une discussion à sens unique, me suis-je justifiée.

Il m'a lancé un coup d'œil malicieux pour me montrer qu'il me pardonnait et a reposé sa gueule sur ses pattes.

Alors j'ai continué. J'ai monologué, j'ai déversé, je me suis répandue. Je ne suis sortie de cet état second que lorsque le voisin a crié « Moustique, à la soupe ». Moustique, puisque tel était son nom, s'est levé lentement. Il m'a léché la main pour me dire bonsoir et est parti tranquillement dîner.

C'est à ce moment-là que j'ai réalisé que la nuit tombait et que j'avais faim.

Au moment où j'ai allumé le four, j'ai entendu un drôle de bruit. Quelque chose tapait contre une vitre.

J'ai jeté un œil par la fenêtre de la cuisine. Une petite queue rose clair reposant sur un drôle de tapis volant herbacé naviguait dans les airs.

J'ai ouvert la fenêtre et je me suis retrouvée nez à nez avec mon grand-père. Il était recouvert d'herbe et de terre et Nikita gambadait tranquillement sur son épaule.

– Grand-père ? me suis-je étranglée. Mais qu'est-ce que tu…

– Chut, a-t-il murmuré en posant un doigt sur ses lèvres.

– Tu peux parler normalement. Il n'y a personne. Ils sont partis dîner chez des amis, l'ai-je rassuré.

– Que tu crois, Hortensia, m'a-t-il répondu en jetant des regards angoissés autour de lui. Pourquoi ai-je revêtu ma tenue de camouflage à ton avis ? Cette maison est sûrement truffée de micros et de caméras de surveillance. Le coup du dîner, c'est un piège classique.

– Heu, oui, peut-être… ai-je hésité.

Les parents de Martin en espions technologiques, rien que l'idée me faisait rigoler.

– Fais couler l'eau du robinet et viens me retrouver dans le jardin, m'a-t-il conseillé.

J'ai exécuté ses ordres et je l'ai rejoint en sautillant. Je n'avais jamais été aussi heureuse de le voir.

– Alors ? m'a-t-il interrogée en murmurant. Quelles sont les nouvelles du front ?

– Les nouvelles ?

– Affirmatif ! Comment se passe ta planque ? m'a-t-il traduit.

– Je m'ennuie. Je m'ennuie grave, ai-je attaqué.

– Je croyais que tu ne pouvais plus nous supporter, qu'on te rendait dingue avec nos délires, a-t-il dit d'une voix étrangement normale.

– Oui, ben, c'est vrai que parfois je… me suis-je défendue maladroitement. Mais bon, euh…

– … à la caserne, tu ne t'ennuies jamais. L'herbe n'est pas toujours plus verte sur les autres champs de bataille, a conclu mon grand-père.

– Tu as raison, ai-je capitulé en réalisant soudain que j'allais être obligée de recommencer cette maudite rédaction.

Mon grand-père s'est frotté les mains et Nikita a fait un double saut périlleux sur son épaule.

– À part ça, quelles sont tes premières impressions sur les sujets ? a-t-il repris de sa voix de conspirateur.

– Ils sont normaux.

– Hum… a réfléchi mon grand-père. Les agents doubles donnent toujours l'impression d'être très communs. Tu as pris des notes comme je te l'avais recommandé ?

– Oui, oui, j'ai tout noté. Mais je n'ai rien remarqué de suspect pour l'instant.

Comme mon grand-père avait l'air un peu déçu, j'ai rectifié :

– Enfin, il y a bien quelque chose.

– Je te reçois cinq sur cinq.

– La mère passe son temps à nettoyer la caserne et le père se déguise pour rôder au mess pendant la nuit.

– Ah, ah, a souri mon grand-père.

– Et puis, dès que je rentre du front, la mère me bombarde de questions, ai-je exagéré.

– De plus en plus troublant, a commenté mon grand-père.

Une voiture est passée devant la maison. Mon grand-père a sursauté et une motte de terre est tombée de sa veste en tweed kaki. Nikita a secoué son museau et mon grand-père lui a répondu « Da, da » en hochant la tête avant de se tourner vers moi.

– Hortensia, nous devons malheureusement quitter le navire, m'a-t-il annoncé. Le lieutenant Nikita vient de m'informer que notre couverture n'était pas à cent pour cent sécurisée et que nous risquions d'être repérés si nous nous attardons trop longtemps près des lignes ennemies. Sur ce, soldat, nous retournons au QG. En attendant, continue à surveiller tes arrières. Et à enquêter.

Mon grand-père s'est allongé par terre. Nikita installé sur son dos, il a rampé sur l'herbe pour rejoindre la rue, abrogeant définitivement la loi de la symétrie.

J'ai regagné la cuisine en bondissant. J'étais tellement heureuse que j'ai supporté l'insupportable : mon dîner avait rejoint les inventions de mon oncle au cimetière des carbonisés.

LE JOUR LE PLUS LONG

J'ai ouvert les yeux lentement. On était samedi. J'ai toujours adoré les samedis. Il y en a de toutes sortes. Des ensoleillés et des pluvieux, des animés et des reposants, des explosifs et des calmes. Seulement jusqu'à ce jour, je n'avais jamais remarqué que les samedis pouvaient être longs ou courts. Je ne connaissais que ceux où le temps semble filer entre vos doigts et où, à peine levée, vous êtes déjà au soir.

Avec le recul, je peux affirmer que j'ai vécu ce jour-là le samedi le plus long de toute ma vie.

Je me suis habillée et j'ai descendu doucement les marches de l'escalier. J'étais de bonne humeur en entrant dans la cuisine.

Ma bonne humeur s'est volatilisée dès que j'ai posé un pied sur le sol.

– Attention ! a crié la mère de Martin.

J'ai relevé les yeux. Elle avait enfilé un tablier vert pomme, des gants en plastique rose trop grands, des petits chaussons transparents par-dessus ses chaussures et noué un torchon à carreaux sur sa tête. Elle qui s'affolait si Martin mettait ses lunettes de ski au collège n'hésitait pas à se déguiser en OVNI ménager en pleine journée.

Elle était en train de nettoyer le sol de la cuisine pour une raison connue d'elle seule, vu qu'il était propre quand j'étais montée me coucher la veille. Peut-être qu'il s'était auto-sali pendant la nuit. Il en avait peut-être ras-les-carreaux d'être sans cesse nettoyé et avait conclu un pacte avec la poussière pour affirmer son indépendance céramique.

Enfin, je me doutais que cette activité était probablement inscrite sur la grande liste des tâches ménagères du samedi matin de dix à onze. Cette femme planifiait tout. J'étais certaine qu'elle avait prévu la date de sa mort. Elle s'était sûrement organisée pour être libre ce jour-là.

– Désolée, me suis-je excusée d'une toute petite voix en levant mon pied comme si je venais de marcher dans une crotte de chien. Et, pour le petit-déjeuner ?

– Il va falloir attendre, m'a répondu la mère de Martin, les yeux fixés sur mes si dangereuses tennis. Je te le préparerai dès que le sol sera sec. Ne t'inquiète pas, il n'y en a plus pour très longtemps...

J'ai pensé à m'installer dans le salon pour regarder la télévision, histoire de me changer les idées et de forcer mon ventre à oublier qu'il n'avait rien avalé depuis plus de onze heures, mais le père de Martin avait envahi les lieux. Il perçait des trous dans un mur pour... je n'en sais rien. Sûrement qu'il le fallait.

J'aurais pu sortir discuter avec Moustique, mais il pleuvait. Je n'ai rien contre la pluie. Elle et moi on s'entend très bien en général. Seulement j'imaginais la tête de la mère de Martin quand je rentrerais avec mes vêtements trempés et mes tennis pleines de boue. Ce n'était même pas la peine d'y penser.

À court d'idées, je suis remontée dans la chambre de Martin pour commencer mes devoirs de la semaine prochaine. Un samedi !

Deux exercices de maths plus tard, la porte de la chambre s'est ouverte en grand et un type habillé comme un as de pique égaré dans un congrès de dentistes est entré en hurlant :

– Martin, mais qu'est-ce que tu as encore fichu avec ma collection de CD ? Tu m'avais promis de ne plus y toucher en mon absence.

Je l'ai regardé d'un air interdit et il m'a aussitôt renvoyé mon regard. Mais, plutôt que de me poser directement la question, il a préféré dévaler les escaliers et interroger sa mère.

– Maman, c'est qui la gamine dans la chambre de Martin ?

Il m'a tout de suite été profondément, fondamentalement, totalement antipathique. C'était donc lui Frédéric, le fameux grand frère dont Martin m'avait tant parlé. Je m'étais toujours moquée de lui quand il me le décrivait. Je pensais qu'il en rajoutait pour se plaindre. Eh bien, pas du tout. Au contraire, Martin avait plutôt minimisé.

Après avoir obtenu sa réponse, il est revenu les bras chargés d'un magnifique plateau où se tenaient fièrement un chocolat chaud, un verre de jus d'oranges fraîchement pressées et des gaufres au miel. Je n'ai pas pu me retenir de lui sourire. Au plateau.

Cet état d'extase n'a pas duré longtemps, car à peine ai-je trempé mes lèvres dans mon bol que l'excité est revenu à la charge :

– Alors comme ça, toi et mon dingo de frère avez décidé de changer de famille pendant une semaine. J'imagine que c'est encore lui qui a eu cette brillante idée, a-t-il affirmé l'air content de lui.

Frédéric appartenait visiblement à la catégorie des gens perpétuellement éblouis par leur intelligence et leur sens de la répartie. Ceux qui s'esclaffent à leurs propres blagues et qui s'applaudissent dès qu'ils croient avoir réussi quelque chose.

– Non, lui ai-je répondu du ton le plus désagréable que j'avais en réserve.

– Comment ça, non ? s'est-il écrié comme si je faisais exprès de le contredire.

Ce qui aurait sûrement été le cas si la vérité n'avait pas suffi.

– Non. C'est une idée commune. Nous l'avons eue en même temps, Martin et moi, lui ai-je expliqué en insistant sur les soupirs.

– Ah, a-t-il seulement répondu, comme s'il n'avait pas encore intégré l'idée qu'il ne possédait pas la vérité. Ben, bonjour !

– Bonjour à toi aussi, me suis-je moquée.

Il m'a regardée d'un air interloqué. Ce type était clairement premier degré. Pour s'enfoncer un peu plus, il a corrigé :

– Non, je voulais dire...

– Ouais, ouais. J'avais compris, j'ai dit en replongeant mon nez dans mes fractions.

J'espérais qu'il allait comprendre le message et quitter rapidement la pièce. Je voulais petit déjeuner tranquille. Raté. Frédéric n'est pas sorti. Au contraire. Il s'est approché du bureau et a observé mon cahier par-dessus mon épaule.

– C'est facile, s'est-il alors lancé. Attends...

Sur ces mots, il a attrapé un crayon et une feuille et a commencé à résoudre mes exercices. En quelques secondes, il avait déjà fini.

– Et voilà, m'a-t-il dit d'un ton fier en me tendant la feuille avec les solutions.

– C'est gentil, ai-je marmonné, mais je préfère faire mes exercices de maths toute seule. Je n'ai pas besoin d'aide.

– Oh… Désolé. J'avais pensé que comme Martin… a-t-il bafouillé.

– Contrairement à lui, moi, j'aime les maths, l'ai-je arrêté.

– Moi aussi, s'est-il senti obligé de m'informer en retrouvant son ton content de lui. Les maths, c'est la porte ouverte à toutes les grandes écoles.

– Je suis en sixième, ai-je précisé.

– Et alors, il n'est jamais trop tôt pour penser à son avenir, a-t-il professé.

– Hum… ai-je grogné.

J'ai mis sa feuille de côté et j'ai repris mes calculs comme s'il n'était pas là. Il a fini par quitter la chambre sur un « Avale vite ton p'tit-déj' ; on déjeune à midi trente ».

Dès que la porte s'est refermée, je me suis précipitée sur mes gaufres. Mon petit-déjeuner englouti, j'ai continué à arithmétiser jusqu'au déjeuner.

J'ai vu chaque seconde passer devant moi. Des secondes particulièrement lentes. Des secondes qui peinaient à suivre leur aiguille pour atteindre chaque minute.

Le déjeuner a été une véritable épreuve. Frédéric a raconté à ses parents sa semaine heure par heure. Il faisait une montagne de chaque mini-événement à grand renfort d'expressions toutes faites et de mimiques type langage des sourds. Un Nicolas version adulte, ai-je pensé. Ainsi, j'ai appris :

– qu'il était en prépa et travaillait « comme un bœuf » (large ouverture des bras) ;

– qu'il se débrouillait malgré tout « comme un chef » et qu'il avait réussi son dernier contrôle d'algèbre linéaire « les doigts dans le nez » (pouce levé) ;

– que le camarade avec qui il partageait une chambre était certes « très sympa », mais aussi « sale comme un pou » (clin d'œil appuyé à sa mère)...

Il nous a même servi une description détaillée de tous ses repas de la semaine. Ses parents l'écoutaient avec un sourire béat sur le visage. C'était la première fois que je les voyais dans cet état, dégoulinants d'admiration pour un frimeur qui parlait sans s'arrêter et essentiellement pour ne rien dire.

J'étais en train de m'endormir dans la crème chantilly qui recouvrait ma part de tarte tatin quand Frédéric m'a réveillée en me demandant :

– Et alors, toi, la miss, qu'est-ce que tu veux faire plus tard ?

J'étais prise au dépourvu. Je m'étais habituée à mon nouveau statut de muette, après avoir eu celui de sourde pendant de nombreuses années. Je n'appréciais pas qu'il me surnomme la miss, on n'avait pas joué à la PlayStation ensemble. Mais bon, je n'allais pas faire la fine bouche. Surtout avec un prénom comme le mien.

Malheureusement, je ne savais absolument pas quoi répondre. Je n'avais jamais réfléchi à ce que je voulais faire plus tard « dans la vie » selon l'expression chronique, comme si avant on se tenait seulement au bord en se demandant « Je saute ou pas ? ».

Ne voulant toutefois pas perdre cette opportunité de parler, j'ai répondu pour gagner du temps :

– J'hésite encore.

– Entre quoi et quoi ? a insisté Frédéric.

– Entre devenir écrivain comme ma mère ou musicienne comme mon père, ai-je rebondi.

– Ta mère est écrivain ? a embrayé Frédéric comme si tout d'un coup j'étais devenue quelqu'un d'autre, quelqu'un de beaucoup plus intéressant.

Ses parents se sont tournés vers moi et, pour la première fois de la semaine, j'ai eu l'impression d'exister. Seulement, je me suis égarée et j'ai répondu spontanément :

– Oui, elle écrit des livres pour enfants.

– Ah, ont-ils tous dit en même temps, avec la même déception dans la voix.

– Enfin, il en faut, a nuancé le père de Martin en me souriant d'un air gêné.

J'allais développer, mais Frédéric était déjà reparti sur un micro-événement dont il avait oublié de nous faire part : la mystérieuse disparition d'une de ses chaussettes dans le lave-linge de l'internat. J'avais bénéficié de trois minutes d'attention. Dans une famille où le temps de parole était aussi précieux, c'était beaucoup.

SUR LES AILES DE LA DANSE

Après le déjeuner qui avait exceptionnellement duré cinquante-cinq minutes (les repas obéissaient peut-être à un autre fuseau horaire pendant le week-end), Frédéric est parti chercher son amie à la gare, la mère de Martin faire les courses pour la semaine prochaine et acheter un nouveau livre pour Martin et le père laver sa voiture.

J'en ai profité pour me glisser dans le salon et allumer la télé. C'était l'heure de ce fameux feuilleton dont tout le monde (c'est-à-redire ma classe) parlait : *Lune de miel au lycée*. Même si je n'avais vu aucun des quinze épisodes précédents, je n'ai eu aucun mal à suivre.

En gros, Luc était amoureux de Constance qui ne s'en rendait pas compte. Pour la rendre jalouse, il avait donc décidé, comme le lui avait conseillé Jérôme, de draguer une autre fille devant elle.

– C'est nul, ai-je critiqué à voix haute.

– Moi, je trouve ça plutôt marrant, m'a contredit une voix moqueuse.

– L'histoire est débile et les acteurs jouent comme des pieds, lui ai-je répondu.

– Peut-être, mais c'est rigolo et ça détend, a repris la voix. Et puis, c'est instructif.

– Instructif ? Tu trouves cette idiotie instructive ? me suis-je étranglée avant de me rendre compte que je discutais depuis deux minutes avec la place vide à côté de moi.

– Moi, en tout cas, ça me plaît, a conclu la voix.

Une odeur de poudre de riz s'est faufilée dans mes narines.

– Mamie ? ai-je supposé.

– Qui d'autre ? a rigolé la voix.

– Tu… tu es revenue.

– Pour une revenante, ce n'est pas particulièrement étonnant, si ? s'est moquée ma grand-mère.

– Hum… ai-je marmonné.

– J'ai vu que tu avais vérifié tout ce que je t'avais raconté sur Internet, a-t-elle poursuivi d'un ton taquin.

– Tu connais Internet ? me suis-je étonnée.

– Bien sûr. Pour qui me prends-tu ? Une vieille schnock ? s'est-elle vexée.

– Non, non. C'est juste que je ne savais pas que les fantômes... ai-je commencé.

– ... se maintenaient à la pointe de la technologie, m'a-t-elle coupée. Mais comment veux-tu que nous nous adaptions au monde moderne sinon ? Comment pourrions-nous travailler sans apprendre à déjouer toutes ces nouvelles alarmes supersoniques et ces détecteurs de mouvements ? Être fantôme représente un boulot à temps plein. D'ailleurs, j'ai récemment découvert un nouveau truc. Attends, tu vas voir.

J'ai entendu un claquement de doigts et j'ai vu une forme se dessiner sur l'écran. L'image n'était pas très nette mais on devinait de longs cheveux blancs, deux petits yeux perçants, un nez en trompette et une bouche floue.

– Bon, ce n'est pas encore parfaitement au point. Je viens juste de me mettre aux ondes hertziennes, s'est justifiée ma grand-mère.

Enfin, je m'égare. Où en étais-je ? Ah oui ! Tu as préféré vérifier. Tu ne me faisais pas confiance.

– Mais si… ai-je tenté.

– Pff, a-t-elle soufflé. Tu ne croyais même pas que j'existais.

– Si, si… sincèrement, ai-je répondu embarrassée.

– Tu es comme ton grand-père. Des preuves, toujours des preuves.

– Grand-père est passé hier soir, l'ai-je informée pour changer de sujet.

– Je sais, il m'en a parlé.

J'ai pensé à mon grand-père et à ma grand-mère. Ma mère m'avait raconté qu'ils avaient été des amoureux passionnés, à la Jack et Rose dans *Titanic*. D'après ma mère, c'est pour cette raison que ma grand-mère est devenue un fantôme. Elle refuse de partir sans lui. Je me suis demandé s'ils s'aimaient toujours autant maintenant que ma grand-mère était transparente et mon grand-père décapité.

– La réponse est oui, m'a répondu ma grand-mère sans que je lui aie rien demandé du tout.

– Comment… ai-je commencé.

Ma grand-mère a tapoté ce que j'ai supposé être sa narine droite.

– En fait, non, a-t-elle corrigé. Je l'aime encore plus qu'avant. Ton grand-père devient de plus en plus drôle en vieillissant. Tu sais ce qu'il faisait quand il était jeune ?

– Non, ai-je reconnu. Je ne me suis jamais vraiment posé la question.

– À moins que tu n'aies préféré la fuir. Il était acteur. Le physique de Paul Newman, l'humour de Dustin Hoffman. Un clown avec un physique de jeune premier. Tu lui as fait un plaisir fou hier.

– Heu quand ? lui ai-je demandé, surprise.

– Quand tu as fait semblant de croire que les parents de Martin pouvaient être des espions.

– Oh ça… ai-je balbutié, mal à l'aise d'avoir été surprise en flagrant délit de mensonge.

– Il m'a affirmé que tu t'améliorais de jour en jour. D'après lui, tu as un sens inné de l'absurde et de la répartie. Je ne suis pas loin de commencer à penser la même chose, a-t-elle ajouté.

J'ai regardé ma grand-mère interloquée. Il m'a semblé voir un sourire se dessiner sur ses lèvres cryptées.

– Il… ai-je commencé.

– … n'a jamais pu se faire à l'idée d'arrêter d'être ce qu'il avait toujours été. Un grand acteur, a-t-elle achevé avant que son rire ne soit avalé par le poste et que cette pimbêche de Constance ne la remplace sur l'écran.

Luc en a profité pour embrasser Constance devant mes yeux médusés. Son plan avait fonctionné. Instructif, ai-je pensé.

AUTANT EN EMPORTE LE VENT

Le soir, j'ai retrouvé ma bonne humeur du matin. Pas pour très longtemps. Mon euphorie s'est rapidement noyée dans le velouté de petits pois à la menthe prédestiné.

Le père a parlé de son travail (une version « Wall Street » des trois ions : Action/Optimisation/Restructuration), la mère de ses courses et du dîner de vendredi prochain – ce qui m'a permis de comprendre que s'ils ne m'avaient pas prévenue la veille, c'était tout simplement parce que ce sujet était abordé les samedis soir et que je n'étais pas là le samedi précédent –, et Frédéric de ses études « passionnantes ».

Comme moi, son amie ne pipait pas.

À l'observer au-dessus de mon velouté vert, je pensais que, sur ce coup-là, Martin avait clairement exagéré en l'assimilant à sa famille.

Certes, elle semblait partager avec eux un goût prononcé pour l'ordre comme le démontraient ses cheveux parfaitement coiffés et son allure sans pli, mais elle et Frédéric étaient plutôt « les contraires s'attirent » que « qui se ressemble s'assemble ». Un remake de *La Belle et la Bête*. Chacun était le reflet inversé de l'autre.

Elle était délicate et lui rustaud, blonde et lui brun, fine et lui enveloppé. Quand il lui arrivait de parler, sa voix douce détonnait avec la voix de ténor de Frédéric. Elle avait des gestes aériens et se déplaçait comme si elle volait au-dessus du sol alors que lui avait des gestes hachés et les pieds solidement ancrés dans le parquet.

Pour couronner le tout, elle se prénommait Myrtille. J'imaginais sa vie à l'université :

Framboise ? Présente.

Cerise ? Présente.

Cassis ? Présente.

Une vraie salade de fruits. Finalement, j'avais échappé au pire.

Tout aurait continué comme en 40, ainsi que le soutient mon grand-père, si ma grand-mère n'avait pas décidé de s'asseoir à mes côtés pour discuter. Je n'allais quand même pas faire semblant de ne pas l'entendre.

Premièrement, ce n'est pas poli de ne pas répondre quand on vous parle. Deuxièmement, j'étais tellement contente qu'elle me sauve de ce énième dîner-spectacle que je n'ai pas réfléchi aux conséquences. J'ai fait la chose la plus naturelle du monde : je lui ai répondu.

– Excuse-moi de te déranger ma chérie, mais une question me trotte dans la tête depuis tout à l'heure, a-t-elle commencé. Pourquoi, toi qui adores le cinéma, n'as-tu jamais vu de comédies musicales ?

« Heu » a été la seule chose que je suis parvenue à articuler. Je n'osais pas lui avouer que j'avais toujours pensé que les comédies musicales étaient des films gnangnan et vieillots.

– Je vois. Mais tu te trompes. Ils sont au contraire très drôles, envoûtants et tendres. Ils sont comme moi, ils n'ont pas pris une ride. Tu devrais commencer avec *Chantons sous la pluie*.

Et elle a fredonné :

– *I'm singing in the rain,*
Just singing in the rain,
What a glorious feeling,
I'm happy again,
I'm laughing at the clouds…

– Mamie, l'ai-je arrêtée. Moi aussi, j'ai une question à te poser.

– Oh, ça, m'a-t-elle interrompue, c'est parce que jusqu'à présent tu avais trop peur.

– Peur ? ai-je répété, un peu vexée.

– Oui. Tu ne voulais ni me voir ni m'entendre. Tu voulais ressembler à tout le monde, te fondre dans la masse, te couler dans le moule. Comme avec cette histoire de télévision, tu voulais te conformer. Tu voulais ressembler à… lui, m'a-t-elle achevée en indiquant Frédéric du doigt.

– Sûrement pas, me suis-je offusquée.

– Si, mais ce n'est pas grave. C'est normal. Normal selon tes critères déjantés, a-t-elle rigolé.

Je ne sais pas combien de temps a passé avant que je me rende compte que quelque chose clochait. J'étais tellement absorbée par notre conversation que je n'avais rien remarqué. C'est seulement quand j'ai voulu me resservir de gigot que j'ai réalisé que plus personne ne parlait.

Frédéric, ses parents et sa chérie me regardaient d'un air effaré et ne bougeaient plus. Ils semblaient s'être transformés en statues de sel. Je me suis demandé, l'espace d'un instant, si le monde ne jouait pas dans un film dont le réalisateur venait de hurler « Coupez ». C'est seulement quand Frédéric a refermé sa bouche restée jusque-là grande ouverte que j'ai réalisé qu'ils respiraient encore.

– À qui tu parles ? m'a demandé Myrtille de sa voix de fruits confits.

– À ma grand-mère, ai-je répondu comme si c'était la chose la plus naturelle du monde.

– Ta grand-mère ? s'est étonné Frédéric.

– Il n'est pas poli d'utiliser son téléphone portable quand on est à table, a rebondi son père.

– Je n'ai pas de téléphone portable. Ma grand-mère est là. Juste à côté de moi, lui ai-je expliqué.

La mère de Martin a alors regardé autour de la table, puis en dessous.

– Mais… Mais je ne vois personne, a-t-elle hésité.

– C'est normal. Ma grand-mère est un fantôme. Pour l'instant elle ne parvient à apparaître que dans la télé.

La mère de Martin a levé les yeux au plafond d'un air de dire « Mon Dieu, ça ne va pas recommencer ».

J'ai souri. Je ne me moquais pas d'elle, seulement ma grand-mère venait d'imiter à la perfection la voix de Frédéric.

– Pourquoi tu souris ? m'a demandé celui-ci en posant une main rassurante sur celle de sa mère qui était devenue aussi verte que son velouté. Tu trouves ça drôle ?

– Non, non, ai-je répondu en essayant de maintenir les commissures de mes lèvres à l'horizontale. C'est ma grand-mère qui me fait rire.

– Ah… a marmonné le père de Martin qui ne savait plus quoi dire.

J'ai pris un air penaud même si, au fond de moi, j'étais absolument ravie.

– Cette fille a autant d'imagination que mon comédien de frère, a conclu Frédéric pour mettre fin à l'absurdité de la discussion. Ça ne m'étonne pas qu'ils soient amis. Tout est bon pour se faire remarquer.

Et c'est là que j'ai compris. J'ai compris Martin, ses lunettes de ski, ses cheveux en pétard, ses plongeons dans la fontaine, ses fausses alertes au feu… Sans l'intervention de ma grand-mère, personne ne se serait intéressé à moi. Le fait qu'ils aient eu l'impression que je discutais avec le vide avait attiré leur attention.

Comme je ne voulais pas faire durer leur supplice plus longtemps, j'ai répété ce que ma grand-mère me soufflait.

– Laissons tomber, ai-je suggéré.

– C'est ça, a soupiré Frédéric. Laissons tomber. En tout cas, une chose est sûre, tu as raison de vouloir devenir écrivain.

Ma grand-mère m'a lancé un clin d'œil sonore avant de plonger dans la sauce du gigot et d'éclabousser la nappe.

La mère de Martin m'a regardée comme si c'était ma faute. J'ai haussé les épaules et j'ai souri. Elle ne croyait pas aux fantômes, mais n'hésitait pas à m'accorder le pouvoir surnaturel de salir les nappes à distance. Le principe de la relativité ménagère. Cette femme avait clairement un ramasse-miettes au plafond. Elle était finalement aussi folle que ma mère. Dans un autre genre. Ma mère, elle, m'aurait crue !

Après le repas, nous nous sommes tous installés dans le salon. *Un jour sans fin* passait à la télé. Le père de Martin nous a expliqué que le jour en question était celui de la marmotte, une fête américaine :

– Selon la légende, le 2 février, les marmottes sortent de leur hibernation. Si elles voient leur ombre, elles retournent aussitôt se coucher parce que ça veut dire que l'hiver va durer encore six semaines. Si, au contraire, elles ne la voient pas, elles restent éveillées car le printemps vient de commencer.

D'habitude, je déteste que l'on me parle pendant que je regarde un film. Parce que je ne fais pas que regarder les films. Je les écoute aussi. Mais comme je connaissais cette histoire par cœur, j'ai suivi avec intérêt ce qu'il racontait. Cette information allait me permettre de clouer le sourire de Martin la prochaine fois qu'il me demanderait le titre de ce film.

Son père a continué à jouer l'homo universalis en enchaînant sur Thanksgiving, puis Halloween et… je ne sais pas. Mon attention est devenue citrouille, mon ombre s'est dessinée sur le canapé et je me suis transformée en marmotte.

Lorsque j'ai ouvert à nouveau les yeux, j'étais couchée dans mon lit. J'entendais les parents de Martin qui chuchotaient sur le seuil de ma chambre. J'ai fait semblant d'être toujours endormie.

– Regarde-la. Elle a l'air si paisible quand elle dort, murmurait la mère de Martin.

– Comme Martin, a soufflé son père.

– Il me manque, a-t-elle enchaîné. Tu sais, c'est drôle, j'étais persuadée qu'il avait un problème. Mais quand j'entends que cette enfant parle avec des fantômes…

– Et qu'elle est pyromane, s'est-il empressé d'ajouter.

– Je ne suis plus sûre de rien, a-t-elle soupiré. Toi qui soutenais que les filles sont plus sages que les garçons.

– Les autres filles peut-être, a-t-il nuancé.

– Oui, peut-être. On ne le saura jamais, s'est-elle attristée.

– Il n'est jamais trop tard, a-t-il susurré d'un ton à la Clint Eastwood sur la route de Madison.

– Oh, Pierre… a-t-elle pouffé.

Après je n'ai plus entendu que des soupirs et des petits gloussements avant que la porte de ma chambre ne se referme et que le silence reprenne ses droits.

LA ROUTE SEMÉE D'ÉTOILES

Dimanche matin, quand je me suis réveillée, les rayons du soleil filtraient par les volets de la fenêtre de la chambre pour venir me caresser le visage.

J'ai pris mon temps avant de me lever. Je me sentais bien dans ces draps frais et propres. Je profitais de ma dernière matinée dans le lit de Martin. Je ne reviendrais pas y dormir de sitôt.

Ma faim a fini par avoir raison de ma paresse et je suis descendue en priant pour que le sol de la cuisine soit sec et le petit-déjeuner envisageable.

Dès les premières marches, j'ai été rassurée.

Ça sentait bon le café fraîchement moulu, le lait chaud, les tartines grillées et les croissants. Les murmures d'une conversation s'échappaient par la porte de la cuisine.

Quand je suis entrée, ils étaient tous assis autour de la table. Ils ont levé les yeux de leur bol au même moment. Un sourire de contentement s'est épanoui sur mon visage. Ils me regardaient bizarrement. Comme s'ils me voyaient pour la première fois. Je n'étais plus la fille invisible. J'appartenais maintenant au club de Martin. Celui des cas à surveiller. C'était plutôt amusant.

Je me suis assise à table et la mère de Martin s'est précipitée vers moi pour me demander :

– Tu les veux comment tes œufs, Hortensia ?

Incroyable ! Elle avait retenu mon prénom en seulement… une semaine. J'ai réfléchi et puis j'ai répondu :

– Au plat, merci.

Elle m'a servi un verre de jus de pamplemousse et je me suis jetée sur mon croissant. Personne ne parlait.

Tout en mangeant sa tartine avec une délicatesse de libellule, Myrtille fixait la place vide à mes côtés comme si elle craignait que je ne décide d'entamer une conversation avec la chaise. À bâtons rompus.

Frédéric semblait avoir perdu sa langue dans son café qu'il ne cessait de remuer pour la retrouver.

Le père de Martin a finalement rompu le silence :

– Nous avons eu ta mère au téléphone ce matin, Hortensia. Nous allons te raccompagner et récupérer Martin avant de partir déjeuner chez mon père. C'est son anniversaire aujourd'hui. Il fête ses soixante-dix ans.

– Parfait, ai-je baragouiné en attaquant mes œufs.

– Nous partons dans une heure, a-t-il précisé.

J'ai perçu un soupçon de soulagement dans sa voix. Je ne lui en voulais pas. Moi aussi, j'étais contente. Contente de rentrer enfin chez moi, de retrouver les baisers de ma mère, les silences complices de mon père, les champs de bataille de mon grand-père, les créations sonores de mon oncle et les acrobaties slaves de Nikita. Ils me manquaient. Tous. J'avais également l'espoir secret de retrouver ma grand-mère.

Seulement, j'appréhendais un peu la réaction des membres de ma famille :

- peut-être n'avaient-ils plus aucune envie de me revoir ?
- peut-être s'étaient-ils tellement habitués à la présence de Martin qu'ils seraient tristes de le voir partir ?
- peut-être qu'ils le préféraient à moi ?

Pour une fois, je n'ai pas fui à l'approche de ces questions. Je les ai regardées droit dans les points d'interrogation et je leur ai imposé mes réponses. Ils n'avaient pas le choix. J'étais leur fille, leur nièce, leur petite-fille. Ils ne pourraient jamais rien y changer.

Le petit-déjeuner terminé, Frédéric et Myrtille sont partis se promener. Elle m'a embrassée avant de sortir de la maison. C'était un drôle de baiser, comme une aile de papillon qui se serait posée quelques secondes sur ma joue avant de s'envoler. La sensation était plutôt agréable. Je comprenais parfaitement ce que Frédéric pouvait lui trouver.

Ce dernier m'a asséné une grande tape dans le dos avant de lancer :

– Allez, salut, Fantômette. Et bien le bonjour à ta grand-mère de ma part.

Là-dessus il est parti d'un grand éclat de rire. Je l'entendais encore quand il a refermé la porte derrière lui. Il paraît que l'amour est aveugle. En ce qui concerne Myrtille, je pense qu'il est également sourd.

Après qu'ils ont disparu, je suis montée préparer mon sac. Ça a été rapide. J'ai rangé ce que je pouvais dans la chambre de Martin, c'est-à-dire pas grand-chose et je suis vite redescendue. Je voulais saluer Moustique avant de partir.

Je l'ai retrouvé à la même place que vendredi soir, comme s'il m'attendait. Je me suis assise à côté de lui et je l'ai caressé. Je lui ai promis que je reviendrais le voir et que Martin rentrait aujourd'hui. Il a lancé un aboiement de satisfaction.

Le père de Martin est sorti de la maison pour me prévenir que nous partions. Je suis montée à l'avant du break. La mère de Martin ne venait pas avec nous. Elle voulait que tout soit parfait – c'est-à-dire plus propre que propre – pour le retour de son fils.

Elle m'a embrassée avant de glisser un « À bientôt » dans mon oreille en m'appelant Hortense. L'Hortensia n'avait pas fait long feu. Ce n'était pas grave. Je m'en fichais maintenant. Je rentrais enfin chez moi.

Lorsque nous sommes arrivés, ils m'attendaient tous devant la maison. Dès qu'ils m'ont vue, ils se sont jetés sur moi.

– Oh, ma chérie, tu nous as tellement manqué, a crié ma mère en me serrant contre elle.

– Oh, vous aussi, vous aussi, ai-je reconnu en me blottissant dans ses bras.

– … n'a rien dit mon père en me couvrant d'une gamme de baisers musicaux pendant que mon oncle lançait des pétards de joie sur le trottoir.

– Ravi de te retrouver ma puce, a lancé mon grand-père, l'émotion lui faisant momentanément retrouver un ton et un vocabulaire pacifiques.

– Moi aussi, mon colonel, l'ai-je salué en lui lançant un clin d'œil.

Mon grand-père m'a ébouriffé les cheveux en écrasant ma tête contre son épaule, ce qui a permis à Nikita d'en profiter pour me lécher à la Russe.

Quand j'ai relevé la tête, je l'ai vu. Il était là. Ou presque. Il était parfaitement habillé, son tee-shirt dans son jean, ses tennis lacées. Ses cheveux avaient toujours cette drôle de coiffure aplatie. Il avait de grands cernes sous les yeux et quelques kilos en moins. Il m'a prise à part et m'a demandé d'une voix épuisée :

– Alors ?

– Alors quoi ? je lui ai demandé même si je savais parfaitement de quoi il voulait parler.

Je préférais seulement que ce soit lui qui ait le premier mot.

– Ben, c'était instructif, il a dit.

– Ouais, une expérience intéressante, ai-je ajouté.

– Mais que nous ne renouvellerons pas, avons-nous conclu en chœur et en riant.

– J'ai hâte de retrouver les attentions de ma mère, les paroles rassurantes de mon père, le calme, le propre, mes livres. Même mon frère m'a manqué. Un peu. Sans lui, j'ai été incapable de finir mes exos de maths. Et puis…

je meurs de faim, a-t-il fini par lâcher en frottant son ventre plat. En tout cas, tu avais raison. Ta famille est complètement frappadingue.

– C'est vrai. La tienne n'est pas très nette non plus. Mais c'était sympa, ai-je menti.

– Oui… c'était bien, sincèrement, m'a-t-il dit en retrouvant l'espace d'un instant son sourire canaille.

Le père de Martin l'a rappelé à l'ordre. Martin a embrassé ma mère, serré la main de mon père, hurlé au revoir à mon oncle, embrassé le vide, claqué des talons devant mon grand-père et évité Nikita. Avant de partir, il m'a pris la main et il a posé un baiser-papillon sur ma joue. Je ne m'y attendais pas. D'habitude, il me salue d'un geste. Le temps que je me remette de mes émotions, il avait déjà rejoint son père.

Ce dernier l'a poussé vers la voiture en lui caressant le dos, Martin a relevé les yeux vers lui et lui a souri tendrement. J'ai remarqué un flambeau dont la mèche s'échappait de la poche droite de son blouson. Il s'est retourné vers moi et m'a lancé un regard moqueur à la Terminator. L'ancien Martin « will be back ».

Tout en dévorant mes bolognaises au ketchup, j'ai résumé ma semaine en la pimentant un peu :

– J'ai failli mettre le feu à la cuisine avec mon flambeau, ai-je commencé.

– Du feu de Dieu, a explosé mon oncle en tirant sur le lobe de son oreille gauche.

– J'ai séché le cours d'EPS, ai-je continué.

– Philharmonique, a chantonné mon père en haussant les sourcils.

– J'ai inventé une histoire pour que Martin ne se fasse pas coller par notre prof de français, ai-je enchaîné.

– Oh, ma chérie… a murmuré ma mère en souriant.

– J'ai jeté mes babs et j'ai chouffé les parents de Martin sans psychoter, ai-je rapporté.

– Pêchu, a claironné mon grand-père en se frottant les mains.

– J'ai discuté avec Moustique, le chien du voisin, ai-je poursuivi.

– Grrr… a ratifié Nikita en faisant le poirier.

– Et sinon, j'ai beaucoup papoté avec mamie, ai-je conclu.

– Fantasmagorique, se sont-ils tous écrié en chœur.

Cette nuit-là, mon père est venu me chercher pour que nous allions admirer le lever de la lune. Une étoile a filé dans le ciel comme un papillon. J'ai repensé au baiser de Martin.

– Et si Martin… ai-je commencé à me demander.

– La réponse est « Évidemment, Constance », a rigolé une voix en imitant à la perfection celle du personnage du feuilleton alors qu'une petite main sèche saisissait la mienne.

– Tu disais ? m'a demandé mon père avec une ronde de retard.

– Non, rien. Je parlais avec mamie, lui ai-je expliqué.

Mon père s'est tu. Il a attrapé mon autre main. J'ai fermé les yeux. Les tuiles ont tressailli en même temps que la maison. Je n'ai pas ouvert les yeux. Je me suis cramponnée à leurs mains pour ne pas glisser.

Tout était normal dans le plus fou des mondes possibles.

Le mien.

The End

TABLE DES MATIÈRES

FILMOGRAPHIE

À bout de souffle : film français de Jean-Luc Godard (1960).

La Guerre des mondes : film de science-fiction américain de Steven Spielberg (2005).

Jour de fête : film français de Jacques Tati (1949).

La Charge héroïque : western américain de John Ford (1949).

L'Échange : film américain de Clint Eastwood (2008).

Calme blanc : film américano-australien de Phillip Noyce (1989).

La Folie douce : film français de Frédéric Jardin (1994).

Accords et Désaccords : film américain de Woody Allen (1999).

Un air de famille : film français de Cédric Klapisch (1996).

Un jour au cirque : film américain de Edward Buzzell dont les interprètes principaux sont les Marx Brothers (1939).

Étroite surveillance : film américain de John Badham (1987).

Le Jour le plus long : film américain de Ken Annakin, Andrew Marton, Bernhard Wicki, Gerd Oswald et Darryl F. Zanuck (1962).

Sur les ailes de la danse : comédie musicale américaine de George Stevens (1936).

Autant en emporte le vent : film américain de Victor Fleming (1939).

La Route semée d'étoiles : film américain de Leo McCarey (1944).

L'AUTEUR

Née en 1971, **Éléonore Cannone** passe une grande partie de son enfance à parcourir des mondes imaginaires. Après quelques années dans le monde réel, elle décide de repartir en voyage en inventant des histoires. Son premier roman pour adultes est publié en 2007. Depuis, Éléonore continue à vivre, à rêver et à écrire, à Paris ou dans le Limousin, des histoires plus ou moins longues pour les enfants et pour les adultes.

L'ILLUSTRATRICE

Née en 1977, **Séverine Aubry** rêve de passer ses jours à dessiner. Mais une orientation scientifique au lycée la conduit à étudier le design industriel puis à faire du packaging dans la parfumerie.
Plus tard, afin d'exprimer sa créativité, elle se lance en solo dans l'illustration : car il vaut mieux réussir sa Vie que réussir dans la vie…
Séverine adore les couleurs, déteste ce qui est triste et aime surfer du mignon au mystérieux. Elle travaille pour l'édition, la presse et la communication.

DANS LA MÊME COLLECTION

à partir de onze ans

La corde rouge
Frédérique Lorient
À Chamonix, chez les Fortin, on est guide de haute montagne de père en fils. Pourtant Marius, le cadet, se laisse surprendre par une tempête de neige. Dans la vallée, rongés par la peur, son frère et sa sœur vivent au rythme des secours…

La demoiselle et le troubadour
Roselyne Bertin
Jeune paysanne, Jeanne touche les cœurs par la beauté de sa voix et ses chants. Au château de Crussol où elle enchante les banquets du seigneur, quel sera son destin ?

L'enfant interdit

M. Peterson Haddix

Dans le pays de Luke, les familles ne peuvent avoir que deux enfants. Il doit vivre caché chez lui. Privé d'école et de camarades, il passe son temps seul à regarder par la fenêtre. Un jour, dans la maison d'en face, il devine une silhouette…

Kmille fait son blog

Cécile Le Floch

Cette rentrée n'est pas comme les autres pour Camille, clouée dans un fauteuil après un grave accident. Afin de renouer avec une forme de liberté, elle crée un blog où elle devient Kmille.

PAPIER À BASE DE FIBRES CERTIFIÉES

RAGEOT s'engage pour l'environnement en réduisant l'empreinte carbone de ses livres. Celle de cet exemplaire est de :
508 g éq. CO_2
Rendez-vous sur www.rageot-durable.fr

Achevé d'imprimer en France en décembre 2012
sur les presses de l'imprimerie Hérissey
Dépôt légal : janvier 2013
N° d'édition : 5822 - 05
N° d'impression : 119780